여우구슬

여 우 구 슬

ⓒ 김영란, 2021

초판 1쇄 발행 2021년 3월 24일

지은이   김영란
펴낸이   이기봉
편집   좋은땅 편집팀
펴낸곳   도서출판 좋은땅
주소   서울 마포구 성지길 25 보광빌딩 2층
전화   02)374-8616~7
팩스   02)374-8614
이메일   gworldbook@naver.com
홈페이지   www.g-world.co.kr

ISBN   979-11-6649-497-0 (03810)

김영란
장편소설

여우구슬

좋은땅

작가의 말

다큐멘터리 작가로 활동하던 시절, 해방 후에 목포 일대에서 유행했던 노래 「부용산」에 얽힌 사연을 취재하게 되었다. 노래의 작사가이자 시인이었던 박기동 선생님은 당시 여든을 넘긴 나이였고, 한국이 아닌 호주에 살고 계셨다.

목포 항도여중의 국어교사였던 그는 1948년 문학소녀였던 애제자를 잃는 아픔을 겪는다. 그때 일 년 전, 누이를 하늘나라로 보내고 썼던 시를 꺼내 들자, 동료 교사인 안성현이 곡을 붙이면서 한 곡의 노래가 탄생하게 된다. 너무 일찍 떠나 버린 제자에 대한 안타까움을 노래에 담아낸 것이다. 「부용산」은 이런 애절한 사연과 함께 감성이 충만했던 여학생들의 애창곡이 되었고, 순식간에 목포 일대로 퍼져 나갔다.

1948년에 일어났던 제주 4·3사건, 5·10총선, 여순사건 등 역사의 소용돌이에 휘말려 산으로 내몰렸던 사람들은 구슬픈 곡조의 「부용산」을 부르며 추위와 외로움을 이겨냈다. 「부용산」은 그렇게 격동의 역사 속에서 빨치산의 애창곡이 되었다. 그러나 이 노래의 작곡가인 안성현의 월북과 빨치산들이 즐겨 불렀다는 이유만으로 부용산은 금지곡이 되었고, 박기동의 고초도 시작되었다. 시대 상황으로 인해 사상범으로 낙인찍힌 그는 이 노래 하나로 평생 괴롭힘을 당하게 된다. 시를 쓰면 검열을 받아야 했고, 내뱉은 말 한마디로 연행되는 일이 잦아지면서 교사생활을 이어갈 수 없게 되자 마침내 호주로 망명을 선택하기에 이른다.

호주로 취재 가기 전, 필요한 물건을 묻자, 그는 법정 스님의『무소유』를 부탁했다. 호주에서 만난 그의 삶은 책 제목처럼 무소유 그 자체였다. 7평 남짓한 방에서 요가와 생식, 명상으로 건강을 챙기며 살아가는 그에게 무소유야말로 가난을 이겨낼 수 있는 유일한 방법이었으리라. 그리고 그를 버티게 한 또 다른 힘은 바로 시인을 갈망한 삶이었다.

시가 노래가 되었던 「부용산」이 아직도 고국에서 많은 이들의 애창곡으로 불린다는 소식을 접한 그의 감회는 남달라 보였다. 그리고 반 세기 만에 「부용산」 2절을 완성했다.

백합일시 향기롭던
너의 꿈은 간데없고

돌아서지 못한 채
나 외로이 예 서 있으니

노 시인의 마음이 그대로 전해져 오는 2절이었다. 쓰고 난 노랫말이 그의 삶 같아 책상에 엎드려 한참을 울었다는 박기동 선생님.

사람을 수단으로 삼은 권력자들 때문에 그의 삶은 송두리째 흔들렸지만 '다른 사람이 아닌 내가 겪게 되어서 다행이다.'라고 말하는 힘은 어디서 오는 것일까? 그의 삶의 가치는 어떻게 발현되는 것일까? 이미 세상을 떠났지만, 그의 시가 지금도 우리 가슴속에 살아 있듯이 불멸의 생명을 지닌 노래 「부용산」으로 다시 태어난 것은 아닐까? 그가 끝까지 지키고자 했던 인간다운 삶의 모습은 큰 감동으로 다가왔다.

원망보다는 매 순간 진실하게 살아온 그의 삶이 나와 우리 사회를 더 아름답고 건강하게 만들어 주었음을 믿어 의심치 않는다. 이렇게 선한 영향력을 주는 어른이 많아지고, 그런 사람들이 어우러져서 살아가는 세상을 꿈꾸며 이 글을 쓴다.

차례

끝없이 펼쳐진 푸른 하늘에는 구름 한 점 보이지 않았다. 창밖으로 보이는 초록빛의 나무들은 며칠째 앓고 있던 두통을 말끔하게 치료해 주는 듯했다. 그녀는 머릿속으로 손님을 위한 메뉴를 수십 번 바꿔 가며 식단을 다시 정리하고 있었다. 내일이면 손꼽아 기다리던 친구가 오는 날이다. 고국에서 누군가 온다는 사실만으로 그녀는 소풍 가기 전날 어린아이처럼 들떠 있었다. 푸른 하늘이 그녀의 시선을 다시 끌어당겼다. 호주의 청명한 하늘을 보고 있자니 어김없이 고국의 하늘이 떠올랐다. 그리고 뒤따라오는 아련한 그리움에 그녀는 자기도 모르게 한숨을 내쉬었다.

　"엄마, 또 한숨."

　"내가 그랬니?"

　"보고 싶은 친구도 오는데 웬 한숨이에요?"

　"그러게 말이다. 오랜만에 한국 마켓도 가고, 좋은 일 투성인데."

　가은이는 활기를 찾은 엄마를 위해 직접 장까지 봐주며 손님맞이 준비에 적극적이었다.

마켓을 둘러보다 김치 파는 곳 앞에 서자 발걸음이 멈췄다. 막 담은 듯한 새빨간 배추김치와 톡 쏘는 맛이 일품인 총각김치, 그리고 물이 올라 있는 깍두기가 보였다. 김치를 보고 있자니 입안에 군침이 돌았다.

'뜨거운 흰밥에 손으로 찢은 김치 한 조각 얹어 먹는 그 맛을 우리 딸은 알까?'

이런저런 생각에 잠겨 뒤돌아섰던 그녀의 눈이 휘둥그레졌다. 한눈에 알아볼 수 있었다. 하지만 자꾸 눈에 물기가 어려 앞이 제대로 보이지 않았다. 어린아이처럼 눈을 비비며 다시 앞을 바라보았다. 선생님이었다. 항도여중 시절 학생들의 우상이었던 박기동 선생님.

"선생님! 선생님……."

너무 놀란 그녀는 자신이 뱉은 말도 낯설게 들렸다. 게다가 몸까지 공중에 붕 떠 있는 것처럼 혼란스러웠다. 이렇게 만리타향에서 선생님을 만나다니……. 가끔 선생님을 만나는 상상에 빠지곤 했지만, 그 속에 없던 그림이었다.

"아니, 너는……."

"네, 선생님. 저 난영이에요."

그녀는 자꾸 흐르는 눈물을 훔치며 말했다.

"선생님이 왜 여기 계서요?"

"허허허."

차마 말을 잊지 못하고 헛웃음을 치는 선생님의 눈도 울고 있었다. 금세 눈시울이 붉어지는 선생님을 보며 그녀는 눈물범벅이 되었다. 마트 한 가운데서 시간이 정지된 듯 두 사람은 그렇게 한참을 마주하고 있었다.

이 기묘한 광경을 보느라 어떤 이들은 가던 걸음을 멈추기도 했다. 가은이도 범상치 않은 분위기에 차마 끼어들지 못하고 엄마를 지켜보고만 있었다. 초로에 접어든 제자와 흰머리 가득한 노 스승은 한참을 그렇게 서 있었다.

그녀와 박기동 선생님은 동시에 떠오르는 한 사람이 있었다. 평생 마음에 담고 살아온 이름이었다.

"정희는……."

박기동 선생님은 떨리는 목소리로 정희 소식부터 물었다.

1장
여우구슬

1948년, 목포는 활기가 넘쳤다. 몇 해 전만 해도 이곳 목포항은 수탈의 장소였다. 주변 섬에서 나는 기름진 쌀을 한데 모아 일본으로 실어 나르기 바빴다. 옥토에서 나는 쌀은 일본인에게 최고의 인기였다. 목포항이 한눈에 내려다보이는 곳에 자리 잡은 일본대사관에서는 쌀을 한가득 싣고 일본으로 떠나는 배들을 지켜보곤 했다. 그 주변에 생겨난 신시가지는 항상 사람들로 북적거렸다. 고급 음식점과 술집에는 멋을 한껏 부린 사람들이 가득했고, 돈벌이가 된다는 소문을 듣고 목포항으로 몰려든 사람들 때문에 항상 북새통을 이뤘다.

그때부터 항구 주변에 터를 잡기 시작한 집들이 비탈진 언덕배기까지 빼곡히 들어섰다. 서로 기대듯 맞대듯 의지하고 있는 집들이 깔끄막을 따라 늘어서면서 곳곳에 크고 작은 마을이 생겨났다. 마을 뒤편에 병풍처럼 둘러쳐진 유달산은 이 모든 광경을 지긋이 내려다보는 듯했다.

목포항을 감싸고 있는 유달산 끝자락에 자리한 바우마을은 산에 있는 집채만 한 바위 때문에 붙여진 이름이다. 바우마을에서 학교까지 펼쳐진 꽃길은 정희를 한껏 들뜨게 했다. 바다에서 불어오는 봄 내음과 이름 모를 꽃들의 자태에 취해 걷다 보면, 소설 속 주인공이라도 된 양 걸음걸이도 가뿐해졌다. 군데군데 자리 잡은 은은한 연분홍빛의 진달래꽃을 마주하면 알 수 없는 애틋함이 훅 살아났다. 그 아련한 기운에 눈길이 더 오래 머물기도 했다.

봄바람과 어우러진 설희의 콧노래가 경쾌하게 들려왔다. 등굣길에 지나쳐야 하는 여우고개에 다다르면 설희의 콧노래는 한 톤 높아진다. 해방 전에 많은 이들이 묻혔다는 이곳을 지나칠 때마다 느껴지는 오싹한 기운을 떨쳐내느라 덩달아 노랫소리도 커진 것이다.

긴 생머리를 양 갈래로 단정하게 묶은 설희는 넓고 흰 칼라 때문인지 하얀 얼굴이 더 빛나 보였다. 예쁘장한 얼굴에 못 하는 게 없는 설희 언니가 부러울 때도 많았지만, 무료하고 힘들었던 정희의 삶에 설희는 선물 같은 존재였다.

"겁은 많아갖고."

"나?"

"그람, 여그 언니 말고 누가 있는가? 귀신 안 나온다 해도 그라네."

속마음을 들킨 것 때문인지 설희는 킥킥대며 웃었다.

사실 설희에게 여우고개는 두려우면서도 여우를 만날 수 있다는 기대감이 교차하는 곳이었다. 언젠가 여우를 본 적이 있냐는 뜬금없는 질문에, 정희는 세상 물정 모르는 어린애 같다며 핀잔을 준 적이 있었다. 하지만 구슬이 없어 사람이 되지 못한 여우를 못내 안타까워하는 언니를 보면서 옛이야기일 뿐이라고 생각했던 정희의 마음도 조금씩 달라졌다. 먹고 사는 데만 급급했던 정희에게 설희 언니는 하나의 새로운 세상이었다.

"겁쟁이는 너잖아. 나는 무서워서 그런 게 아니라, 설레서 그런 거라고 했지."

"치, 그래도 구미호가 나타났다 하믄 삼십육계 줄행랑을 칠라믄서."

"누가 도망가는지는 두고 봐야 알지."

"나는 구미호 만나믄 부탁할 것이 있당께."

"부탁?"

"엄마 괴롭히는 그 싸가지 없는 순사들 꽉 물어가브라고."

"여우라면 들어 줄거야, 그치?"

"그랑께, 사람도 살려냈는디. 이런 것은 식은 죽 먹기겠제."

정희와 설희는 여우가 나타나길 기대하면서도, 여우고개를 지날 때마다 걸음이 빨라지는 것은 어쩔 수 없었다.

"정희야, 나라도 차차 안정돼 가니까, 너무 걱정 마."

"음맘마, 안정되기는! 시방도 밥 굶은 사람이 널렸고, 등에 뱃가죽 달라붙은 애들이 사방천지 수두룩한디 뭐시 안정된다는 거여?"

정희의 말에, 설희는 딱히 대답할 말을 찾지 못했다.

부정하고 싶었지만 해방 후, 사람들은 더 불안했고 더 가난해졌다. 한쪽에서는 찬탁과 반탁운동으로 나라가 어디로 흘러가는지 감을 잡기도 힘들었다. 어렴풋이 제대로 된 나라가 생기면 배곯는 일은 사라질 것이라고 믿었던 사람들도 식량은커녕 목숨처럼 지켜온 땅마저 빼앗기는 상황이 되자, 삼삼오오 모였다 하면 나라에 대한 한탄이 이어졌다.

쌀 생산량이 많았던 목포는 오랜 세월 착취의 대상이었다. 그래서 자연스럽게 세상일에 촉각을 세우게 되었고, 불의를 보면 하나로 뭉치는 저력을 갖게 되었다. 두 달 후에 있을 처음으로 치르는 선거도 목포 사람들의 관심사 중 하나였다. 선거판에 떠도는 고무신과 설탕 같은 떡고물도 한몫했지만, 무엇보다 세상을 바꿀 기회라는 생각에 애어른 할 것 없이 모였다 하면 선거 얘기였다. 정희와 설희도 귀동냥으로 들은 얘기로 세상일을 점쳐보기도 했다.

정희 엄마 미실댁은 쌀이 많이 나는 미실 마을에서 시집와서 이곳에서는 미실댁으로 불렸다. 한의원을 하던 넉넉한 집으로 시집온 미실댁은 친구 정순이 집에 드나들면서 정순이 오빠와 사랑에 빠졌고, 훤칠한 외모에 수재로 소문났던 김수환과의 결혼으로 동네 사람들의 부러움을 한 몸에 받았다. 단짝 친구이자 시누였던 정순이의 딸이 바로 설희였다.

그러나 남편 김수환이 사회주의에 빠지면서 집안은 기울기 시작했고, 북으로 간 남편 때문에 시아버지의 고초도 시작되었다. 그때 정순이와의 연락도 끊어졌다. 미실댁은 정순이가 어디선가 잘살고 있을 거라고 믿었다. 친척들마저 외면하는 상황에서 연락이 닿지 않은 것이 다행이라는 생각도 들었다. 그러나 경찰이었던 설희 아버지는 해방 이후, 행방불명되고, 폐결핵을 앓던 정순이는 치료도 받지 못하고 세상을 떠났다는 얘기를 듣고 한동안 마음을 추스르느라 힘든 시간을 보냈다. 남편만 건장했더라면 쉽게 해결될 일이었다는 생각에 미실댁은 죄스러운 마음마저 들었다.

함박눈이 내리던 날, 불쑥 찾아온 설희를 미실댁은 단번에 알아보았다. 잘 왔다는 말을 수없이 되풀이했다. 엄마가 남겼다는 주소를 들고 찾아온 설희에게 전보라도 치지 그랬냐며 미리 연락이 닿지 않은 것을 못내 안타까워했다.

"혼자서 얼마나 놀랬냐? 찾아가고 싶어도 어디 있는 줄 알아야제……이렇게라도 와줬응께, 고맙다 고마워."

미실댁의 격한 환대에 설희는 긴장했던 마음이 사르르 풀렸다. 친구이자 시누인 정순이의 기구한 운명에 그녀의 눈물은 쉬이 멈추지 않았다.

"정순이도 인자 저승에서 한시름 놓겠다."

미실댁은 자신을 위로하듯 혼잣말을 했다.

얼굴이 하얗다 못해 파리한, 가냘프고 예쁘장한 설희를 보면서 정희는 자신도 모르게 볼을 감추듯 손을 얼굴에 갖다 대었다. 그런 정희를 보며 설희는 웃고 있었다. 그날로 정희와 설희는 함께 지내게 되었고, 쌍둥이처럼 붙어 다녔다. 설희는 정희보다 한 살 위였지만 학교를 제대로 다니지 못한 탓에 정희와 같은 학년이 되었다. 아빠 때문에 알게 모르게 주눅이 들어 있던 정희는 설희가 온 후로 매사에 당당해졌다.

설희는 전학을 오자마자 학교의 스타가 되었다. 유난히 하얀 얼굴도 한몫했지만, 공부, 글쓰기, 운동까지 못 하는 것이 없었다. 정희는 그런 설희 언니가 자랑스러웠다. 하지만 체육 시간만 되면 두 사람은 실랑이를 벌였다. 결핵 때문에 힘들어하는 언니에게 체육 시간만큼은 교실에 있으라고 했지만, 설희는 수업에 절대 빠지는 법이 없었다. 그렇게 똑 부러지는 설희가 가장 좋아하는 이야기가 바로 구미호였다. 잠자리에 들 때면 어린애처럼 이야기를 들려달라고 조르기도 했다. 미실댁은 다 큰 애들이 무슨 구미호냐고 하면서도 맛깔스럽게 이야기를 이어나갔다.

사람이 되고 싶었던 여우의 애달픈 사랑 이야기. 사람이 되기 위해 사람을 잡아먹어야 하는 슬픈 운명을 타고난 여우. 이야기를 듣다 보면, 사람으로 둔갑한 여우가 나타날 것만 같아 정희는 문고리가 잘 잠겼는지 확인하곤 했다.

예쁜 새색시로 둔갑한 여우가 찾아든 곳은, 병든 홀어머니를 모시고 사는 가난한 총각의 집이었다. 지극 정성으로 어머니를 보살피는 아들을 보면서 여우는 두 사람 다 잡아먹지 못하고 차일피일 미루게 된다.

그사이 굶주린 배를 채우기 위해 여우는 밤마다 동네를 돌아다니며 닭이며 개까지 잡아 먹었다. 매일 가축이 사라지자 마을엔 흉흉한 소문이 퍼지기 시작하고, 사람들은 순번을 정해서 밤마다 보초를 서지만 귀신에 홀린 듯 가축은 계속 사라졌다.

살림 밑천인 소까지 잡아먹히자, 천년 묵은 여우의 소행이라는 이야기가 나돌기 시작했다. 마음이 조급해진 여우는 어떻게든 시어머니와 남편을 잡아먹으려 하지만 병이 나을 것이라고 믿고 간호하는 남편을 보면서 다음날을 기약한다. 그렇게 여우는 진짜 아내와 며느리가 되어 가고 있었다.

결국, 여우는 병세가 심해진 시어머니를 보며 슬퍼하는 남편을 위해 목숨과도 같은 여우구슬을 게워 낸다. 남편은 아내가 준 구슬을 팔아 식량과 약을 구해오고 두 사람의 정성으로 어머니는 조금씩 건강을 되찾는다.

사람을 잡아먹을 때마다 하나씩 얻게 된 여우구슬, 여우에게 있었던 구슬은 여덟 개, 구미호라는 이름에 걸맞게 아홉 개의 구슬을 모으면 사람이 될 수 있는 운명이었지만, 되려 구슬을 뱉어냈으니……

꼬리가 길면 잡히는 법. 가축을 잡아 먹던 아내는 결국 천년 묵은 여우임이 발각되고 마을 사람들에게 잔인하게 죽임을 당한다. 환한 보름달에 먹구름이 몰려오고, 여우는 처절한 울음소리를 뱉어내며 죽어 간다. 그런 여우를 껴안고 서럽게 우는 남편. 마을 사람들의 수군거림은 그의 귀에는 들리지 않았다. 목숨과도 같은 구슬을 내어 준 아내의 죽음을 슬퍼하며, 남편은 그렇게 짐승처럼 울부짖었다.

여우의 마음을 움직이게 한 것은 무엇이었을까……. 사람이 되지 못하고 결국 죽음을 맞이한 여우의 헌신적인 사랑 이야기를 들을 때마다 설희는 가슴이 먹먹했다. 그 마음을 삭이면서 정희와 설희는 미래에 나눌 사랑을 수줍게 이야기하곤 했다. 설희는 여우가 죽었을 때, 이미 사람이었다고 결론지었다. 안타까운 여우의 사랑을 어떻게든 위로하고 싶은 설희의 마음이었다.

여우고개를 지나치자, 설희는 또 기침을 해 대기 시작했다.

"또 도졌네, 이 징한놈의 기침."

정희는 언니의 등을 도닥거렸지만 기침은 쉽게 잦아들지 않았다. 정희는 언니 기침 소리만 들어도 가슴이 철렁 내려앉았다.

"그래도 금방 멈췄잖아."

설희의 대답은 항상 똑같았다. 몸이 좋아지고 있다는 것을 확인시키려는 듯 좋아지고 있다고 했지만, 더 거칠어졌을 뿐만 아니라 쉽게 그치지 않았다.

그때 동수가 설희 곁으로 쑥 다가왔다. 기침 소리를 듣고 달려온 모양이다. 바로 옆집에 사는 동갑내기 동수는 어쭙잖게 오빠 행세를 하곤 했다. 정희와 설희가 아무리 빨리 등굣길을 나서도 어느새 뒤따라왔다. 정희는 그런 동수가 얄밉기도 하고, 예전과 달리 말도 편하게 붙이지 못하는 동수가 낯설기도 했다.

얼마 전, 설희에게 고백하고 거절당한 동수는 며칠 보이지 않다가 다시 설희 주변을 맴돌았다. 동수의 용기 있는 행동으로 잃은 것도 많았다. 서로 서먹해졌을 뿐만 아니라 동수 엄마에게 시달림까지 당해야만 했다.

"동수는 알다가도 모르겠당께."

소곤대듯 말하자, 설희가 낮은 목소리로 물었다.

"왜?"

"어쩔 때는 어른같은디 아줌마한테 일러바친 거 보믄 한심해서 하는 말이여."

"동수 그런 말 안 했을 거야. 아줌마가 눈치가 빠른 거지."

정희는 언니가 동수 편을 드는 것 같아 기분이 묘했다.

"하기사, 아줌마가 여시는 여시제."

"동수 듣겠다."

언니에게 걱정 어린 눈빛을 보내고 있는 동수를 보자 정희는 괜히 심통이 났다.

"동수야, 우리가 하는 말 들었냐?"

동수는 무심하게 대답했다.

"우리 어매 여시라고."

설희는 놀란 눈으로 정희를 쳐다보았다.

"참말로 신기하다잉. 니 귓구멍은 나팔통이다냐?"

"니 수준이 뻔하제."

"야, 박동수!"

동수는 정희 말에 대꾸도 하지 않고 앞질러 걸어갔다. 언니한테 퇴짜 맞고 화풀이는 자기한테 하는 것 같아 정희는 욕이 절로 나왔다.

"저 썩을 놈! 가다가 콱 똥이나 밟아브러라."

"정희야……."

"언니는 시방 누구 편인가! 말하는 본새가 재수없응께 그라제. 그라고 아줌마한티 당한거에 비하믄 이런 것은 암것도 아니랑께. 우리 집 앞에 내뿐 개똥도 내가 밟은 거 기억나제?"

설희는 그날 정희의 표정이 생각나 한참 웃었다.

설희에게 고백하고 퇴짜 맞았다는 소문 때문인지 며칠 전부터 동수 엄마는 두 사람의 인사도 받는 둥 마는 둥 지나쳤다. 애지중지한 외아들의 가슴앓이에 복수라도 하듯 동수 엄마는 치사한 행동까지 해댔다. 개똥을 문 앞에 버려두는가 하면, 마당의 빨랫줄이 끊어져 있기도 했다. 의심은 가지만 직접 보지 못해 넘어간 일이 한둘이 아니었다. 동수에게라도 앙갚

음해야겠다고 마음먹었다가 막상 힘이 빠져서 다니는 동수를 보면 그런 마음이 사라졌다.

정희와 동수는 어릴 적 둘도 없는 친구였다. 아빠가 없던 어린 시절, 온종일 동수랑 보내는 날이 많았다. 동수네 집 감나무 아래서 사시사철을 보냈다. 은은한 빛이 감도는 감꽃은 소꿉놀이의 단골 반찬이자, 실에 꿰면 근사한 목걸이가 되었다. 때로는 나뭇가지에 앉아 엄마가 부를 때까지 노을에 취해 있기도 했다. 그럴 때마다 동수는 항상 정희 곁에 있었다.

할아버지가 아빠 때문에 경찰서에 끌려다니게 된 후로, 동수는 갑자기 정희를 멀리하기 시작했다. 학교에서도 슬슬 피하는 동수와 복도에서 마주친 정희는 두 팔 벌려 동수를 가로막았다. 어디서 그런 용기가 나왔는지 모르겠지만 정희는 왜 피하냐고 당당하게 물었다. 당황한 동수는 엄마가 못 놀게 했다고 대답했다. 정희는 그때 생각했다. 어른들은 참 못됐다고.

서른여 가구가 모여 사는 바우마을에 설희가 나타나자 갖가지 소문이 나돌았다. 마을 사람들은 설희를 '서울 학생'이라고 불렀다. 그동안 미실댁 걱정을 시작으로 아들 타령까지 김 한의원 집에 대가 끊겼다고 탄식하는 할머니들의 소리를 듣는 것은 온전히 정희의 몫이었다. 서울에서는 딸이 최고라는 설희의 야무진 대답에 할머니들의 수군거림도 조금씩 잦아들었다. 정희는 설희 언니가 온 후로, 혼자가 아니니 뭐든 힘이 났다. 귀를 막고 싶을 정도로 힘들었던 '아들이면 좋았을 텐데…….'라는 말도 이제는 유쾌하게 넘길 수 있었다.

"정희야, 집에 갈 때 진달래꽃 따 가자."

"화전 부쳐 먹게?"

"아니, 외숙모 진달래꽃 좋아하잖아. 따다 드릴려구."

말이 끝나기가 무섭게 난영이가 숨을 헐떡거리며 옆으로 다가왔다.

"오메, 숨차라. 오늘 학교 끝나믄 문예반에서 모여야 쓰겄다."

"숨이나 쉬고 말해라. 뭐 땜시?"

"놀라지 말어. 김선숙 선생님이 어젯밤에 잡혀 가셨당께."

난영이는 주위를 두리번거리며 말했다.

"참말로!"

정희가 설희 언니 눈치를 보자, 난영이는 자세한 얘기는 학교 끝나고 하자며 총총걸음으로 사라졌다.

"김정희!"

큰 눈으로 째려보는 설희의 눈빛이 매서웠다.

"워매, 놀래라! 맨날 찾던 여우가 여기 있구만."

"지금 농담이 나오니? 무슨 일이든지 같이 하기로 한 거 잊지 마."

"뭣을 같이 하자고?"

"김선숙 선생님 일 이야기할 때 나 뺄 생각 하지 말라구."

"엄마가 걱정항께, 언니가 먼저 가서 내가 어째 늦는지 말해 줘야 된께 그라제."

"내가 언니니까 네가 집에 먼저 가."

"시방 이것이 언니, 동생 따질 일인가?"

"나도 문예반이야. 그리고 언니로서 널 지킬 의무도 있고."

"누가 누굴 지킨다는 것이여! 아프지나 말든가."

속이라도 시원하려고 한 말이었지만, 정희는 말을 뱉는 순간 후회했다.

몸이 조금만 고단해도 밤새 기침을 하는 언니 때문에 정희와 미실댁은 항상 불안했다. 위험한 일에 끼어들게 하고 싶지 않은 정희의 마음을 눈치챈 설희가 미리 선을 그은 것이다. 물론 김선숙 선생님의 상황을 들은 언니가 혼자서 집에 갈 일은 없다는 것을 정희도 잘 알고 있었다. 정희는 문예반에 안 갈 수도 없고 애를 태우는 언니가 얄미웠다.

누군가 잡혀갔다는 소리만 들으면 정희는 엄마 걱정부터 되었다. 공비가 나타나면 엄마는 어김없이 잡혀가 문초를 당했다. 금방 풀려날 때도 있었지만 엄마가 집에 돌아올 때까지 날을 꼬박 새우기도 했다. 할아버지 곁에서 어깨너머로 배웠던 약초를 달여 엄마의 장독을 치료할 때면 세상이 원망스러웠다. 그래서인지 정희는 누군가 잡혀갔다는 말만 들어도 신경이 곤두섰다. 거기다 언니 걱정까지 더해져 거친 말이 툭 나온 것이다.

선생님들은 수업 시간마다 굳어진 얼굴로 교실 문을 열었다. 쉬는 시간에 아이들은 어디선가 들었던 이야기를 모조리 끄집어내다 보니 김선숙 선생님의 상황은 더 암담하기만 했다. 선생님의 눈치를 살피느라 입도 뻥긋 못했던 아이들은 담임 선생님이 들어오자 술렁이기 시작했다. 잘생긴 외모와 다정한 말투로 인기가 많았던 박기동 선생님은 평소 국어 시간에도 역사의식을 깨우치는 이야기를 자주 해주었다. 그래서인지 아이들은 무언가 들을 수 있다는 기대감으로 선생님을 바라보았다.

"선생님, 김선숙 선생님 이야기가 사실이당가요?"

박기동 선생님은 지긋이 반 아이들을 바라보았다.

"지금 알아보는 중이다. 중요한 것은 너희들이 섣불리 행동해서는 안 된다는 거야. 자칫 잘못하면 김선숙 선생님은 물론 다른 선생님이나 학생들도 위험해질 수 있으니 어떤 일이든지 선생님과 상의하면 좋겠구나."

어두운 선생님의 표정이 상황을 말해 주고 있었다. 어쩌면 별일 아니니 걱정하지 말라는 말을 기대했는지도 모르겠다.

점심시간이 되자 정희는 난영이부터 찾았다. 난영이는 벌써 교실에서 사라지고 없었다. 난영이는 점심시간만 되면 곧장 뒷동산의 느티나무 아래로 향했다. 도시락을 잘 싸 오지 못하는 난영이는 단련이 돼서 괜찮다며 함께 점심 먹는 것을 한사코 마다했다. 매몰차게 거절하는 모습이 낯설었지만, 져 주는 것이 난영이의 자존심을 지켜주는 것 같아 정희는 무거운 마음으로 혼자 숟가락을 들 때도 많았다. 누군가 부르는 소리에 느티나무 아래 누워 있던 난영이는 벌떡 일어났다. 정희가 도시락을 들고 오는 것을 보자,

"밥 먹고 오랑께, 참말로 가시내가."

"고것이 아니고, 언니 땜시 왔당께."

"또 싸웠냐?"

"아침에 니 얘기 듣고 문예반 같이 간다고 난리랑께."

"그람 언니 성격에 의리 없이 혼자 가겄냐! 같이 와야제."

"아는디, 뭔 일 생기믄 밤새 기침하믄서 아픈게 그라제."

그 사이 나뭇가지를 두 토막으로 잘라서 슬쩍 내밀자, 난영이는 못 이기는 척 받아 들었다.

"참말로 가시내가! 괜찮웅게 밥 먹고 오라고 해도 징하게 말도 안 드네."

"알아낸 이야기나 혀 봐."

"근디 이번에는 큰일은 큰일인갑다. 선생님 친정 오빠가 북에서 내려왔다가 잡혀갔다고 하더랑께. 선거가 두 달도 안 남아서 그런지 사상이 의심되믄 무조건 잡아가는 시상잉께, 선생님이라고 별 수 있겄냐."

"사상? 그놈의 사상이 뭔지 나도 잠 알고 잡다."

정희는 아빠 때문에도 진절머리가 나는 사상이었다. 어렸을 적에는 원망도 많이 했지만, 자라면서 더 좋은 세상을 만들기 위한 노력이었다는 것을 알게 되었다. 그때부터 아빠가 부끄럽지는 않았다.

"남과 북이 원수가 되브러서 참말로 걱정이다."

"앞으로 어째야쓰까……."

선생님 얘기를 나누다 보니 엄마도 무사하지 못할 거라는 불안감이 다시 밀려왔다.

"긍게 경찰서에 가서 물어볼 수도 없고, 해순이한테 슬쩍 물어본께 아무것도 모르는 눈치던디."

"거짓말할 가시내는 아닝께. 한 숟가락 남은 거 후딱 먹고 가자. 마지막 남은 것은 목에 칼이 들어와도 안 먹는거 알지야?"

마지막 남은 음식을 먹으면 딸을 낳는다는 말 때문인지 정희는 항상 손이 가지 않았다.

"다 지 팔자제, 그런다고 불알 달고 나온다냐."

난영이는 웃으면서 마지막 밥을 떴다. 남동생이 줄줄이 셋이나 있는 난영이는 단벌에, 도시락을 싸 오는 날도 손에 꼽았지만, 매사에 당당하고 열정적이었다.

문예반을 맡았던 김선숙 선생님은 재주도 많고 학생들을 사랑하는 마음이 유난히 큰 분이었다. 평소에 일지 쓰는 것을 강조하면서, 학교에서 일어나는 크고 작은 일을 세세하게 기록하게 했다. 기록을 남기면서 문예반 아이들은 이 모든 것이 역사가 된다는 선생님의 말을 어렴풋이나마 이해했다. 학교나 목포 일대에서 일어나는 크고 작은 일들을 기록한 일지는 역사책이나 다름없었다.

앞으로 문예반은 어떻게 되는지, 선생님은 무사할지, 이런저런 걱정에 두 사람은 학교 아래로 펼쳐진 마을을 보면서 한참을 멍하니 앉아 있었다.

"정희야, 아까 박기동 선생님이 하는 말 들었제? 함부로 행동했다가 어디로 불똥이 튈지 모릉게 조심허자. 그라고 일지는 싹 치워 놓는 것이 좋겄제?"

"나도 시방 그 생각했는디."

"지들 맘대로 또 사상하고 엮으믄 답도 없응께."

"내 말이 그 말이여!"

정희는 속 애기를 털어놓고 나니 불안했던 마음이 조금은 사그라들었다.

"그라고 설희 언니랑 같이 와라."

"고집이 얼마나 센디 내 말 듣겄냐?"

"누가 사촌지간 아니랄깜시 별것이 다 닮았네."

"음맘마, 나랑 틀려야. 황소도 그런 황소는 처음 봤당께."

난영이는 사람 좋은 웃음으로 둘이 똑같다며 놀려댔다.

이번 일로 문예반 활동을 한다는 자체가 위험한 상황이 되었지만 이런 이유로 설희 언니가 문예반을 그만두는 일은 없다는 것을 정희도, 난영이도 잘 알고 있었다. 결국, 설희와 정희는 함께 문예반으로 향했다. 아이들은 이미 교실에 모여 있었다. 두 사람이 들어오자, 박기동 선생님은 모두자리에 앉으라고 했다.

"문예반, 이제 다 모였지? 놀랄 것 없다."

박기동 선생님은 차분하게 이야기를 이어갔다. 김선숙 선생님의 일이 북과 연결이 되어 있어서 최악의 상황은 경찰이 학교로 오는 것이라고 했다. 아이들은 긴장된 모습으로 서로를 바라보았다.

"순사가 학교로 쳐들어올 만큼 선생님의 잘못이 크당가요?"

"죄가 없는 거 알믄 금방 풀려나실 수 있지라?"

아이들은 계속해서 질문을 던졌다.

"그래그래. 너희들 마음은 안다만…… 상황이 쉽지 않을 것 같구나."

"참말로 어이가 없네!"

미간을 찌푸린 채로 금순이가 한마디 했다.

"선생님들도 애쓰고 있으니 좋은 소식 기다려 보자. 그리고 썼던 일지는 다른 곳에 치워 놓도록 하자."

일지는 치워 두기로 했다는 난영이의 말에,

"역시 문예반답다. 그리고 김 선생님이 오실 때까지 내가 문예반을 맡기로 했단다. 잘 부탁한다."

기가 죽어 있던 아이들은 박기동 선생님이 문예반을 맡아 준다는 말에 환호성을 질렀다. 일지를 치우고, 경찰이 왔을 때 어떻게 말할 것인지 입을 맞추었다.

"마지막으로 노파심에 하는 얘기지만, 혹시 경찰이나 군인이 와서 문예반 활동에 대해 물으면 있는 그대로 글 쓰고 백일장 대회 준비로 바빴다고 얘기하도록 하자. 잠깐 일지를 훑어보니 문제 될 것은 없지만 조심해서 나쁠 건 없으니까, 잘 할 수 있지?"

"일지가 뭐시래요? 백일장 준비 땜시 바뻐 죽겄구만. 꽉 오기만 해 봐라, 내가 야무지게 말할란께."

금순이 말에 깔깔대면서 침울했던 분위기도 조금씩 밝아졌다.

집으로 돌아가는 길에 정희와 설희는 말이 없었다. 선생님에게 닥친 일이 남의 일 같지 않았기 때문이다.

"정희야, 숙모한테 선생님 일 이야기 하는 게 좋겠다. 그치?"

"이 징한 놈의 선거, 빨리 끝나믄 소원이 없겄네."

"별 탈 없이 지나갈 거야. 그렇게 될 거야."

항상 긍정적인 말로 마무리하는 설희의 버릇은 혼자 살면서 터득한 일종의 주문 같은 것이었다.

단독 선거 방침이 발표된 후, 북과 관련된 사람들의 고초는 더 심해졌다. 정희는 엄마도 선생님처럼 사라질까 봐 잔뜩 겁이 났다. 아빠가 북에 있다는 거 말고는 아는 것이 없지만 남로당원이 잡혔다거나, 북에서 사람이 내려왔다고 하면 어김없이 경찰서에 가서 조사를 받고 왔다. 정희는 땅거미 지는 세상이 덜컥 겁이 났다. 밤이 오듯이 서서히 다가오는 운명의 힘이 느껴지자 마음도 무거워졌다. 엄마와 언니는 이런 고통을 어떻게 이겨내며 살아가는 것일까? 엄마도 아빠도 없는 설희 언니의 마음은 얼마나 횅할까? 이런저런 생각에 정희는 언니의 손을 꼭 잡았다. 설희는 정희의 마음을 읽은 듯 맞잡은 손에 힘을 주었다.

여우고개를 지나려니 으스스한 기운이 느껴졌다. 누가 먼저랄 것도 없이 걸음이 빨라졌다.

"정희야, 저기 나무 뒤에 보이니?"

"뭐시?"

"저, 저기 소나무 사이에 보이는 거 말이야?"

"참말로 무섭게 왜 그려! 난 암것도 안 보인디."

"여우 꼬리 같지 않니?"

금방 뭐라도 뛰쳐나올 것 같아 정희는 등골이 오싹했다. 겁도 없이 뒤돌아보는 언니의 손을 낚아채며 정희는 발걸음을 재촉했다.

목포 일대에서 일어난 크고 작은 일이 있을 때마다 목숨을 잃은 의로운 사람들은 이곳 여우고개에 묻혔다. 그래서인지 이곳을 지날 때 귀신을 봤다거나, 처녀 귀신의 울음소리를 들었다거나, 간밤에 도깨비불을 따라가다 죽임을 당했다는 친일파 이야기까지, 민심을 달래 주는 수많은 이야기가 탄생하는 곳이기도 했다.

"정희는 겁쟁이래요!"

언니의 놀림에도 아랑곳하지 않고 정희는 언니 손을 잡고 재빨리 걸었다.

예상했던 대로 미실댁은 대문 앞을 서성이고 있었다. 숙자 이모와 함께였다. 숙자 이모는 두 사람을 보자마자 달려 나오면서 소리부터 질렀다.

"오메, 속도 시끄러 죽겄구만. 동수는 아까아까 왔드만, 언니 애간장 다 녹이고 어째 인자 오냐?"

"숙자 이모, 죄송해요. 숙모, 왜 나와 계세요? 문예반 선생님한테 일이 생겨서 늦었어요."

잔뜩 긴장했던 마음이 풀린 미실댁은 마루에 털썩 주저앉았다. 말이 많은 숙자 이모는 아저씨를 보낼까도 생각했다며 호들갑을 떨었다. 동네가 지금 난리라고 하는 것을 보니 선생님의 이야기를 벌써 전해 들은 눈치였다.

숙자 이모의 남편 최동팔은 군인이었다. 최동팔은 월북한 남편 때문인지, 직업의 특수성 때문인지 미실댁을 항상 경계하는 눈치였다. 하지만 그런 눈치를 아는지 모르는지, 숙자 이모는 자기 집인 양 들락거렸다. 해방 후, 나라에서는 대대적으로 군인을 모집했고, 신분을 가리지 않는다는 것과 삼시 세끼는 먹을 수 있다는 점 때문에 가난에 시달리던 많은 젊은이들은 군대에 자원했다. 숙자 이모 남편 최동팔도 그중 한 사람이었다. 군인이 되고 난 후로 양반이고 상놈이고 없는 평등한 세상이라며 어깨에 힘이 들어간 것이 얼마 되지 않았다.

숙자 이모가 사는 집은 정희 할아버지가 약재를 달이던 곳이었다. 한의원 허드렛일을 도맡아 했던 숙자 이모네는 할아버지가 돌아가신 후 이곳에 눌러앉았다. 숙자 이모는 이 은혜를 언제 갚냐는 말을 입에 달고 살았다. 하지만 최동팔은 노골적으로 미실댁의 사상을 의심하기도 했다.

"언니, 뭐시라고 좀 하제, 어째 암말도 안 한가?"

미실댁은 숙자 이모 말에 대꾸도 하지 않고 곧장 부엌으로 들어가 저녁상을 차리기 시작했다. 숙자 이모는 눈치를 살피다 집으로 돌아갔다.

정희와 설희는 방으로 들어가지 못하고 부엌에서 엉거주춤 서성거렸다.

"얼른 밥부터 먹자."

"숙모, 죄송해요. 빨리 오려고 했는데, 무슨 일인지 자세히 알아야 할 것 같아서 듣고 오느라 늦었어요."

미실댁은 등을 돌린 채 밥상에 수저를 반듯하게 놓더니, 밥상을 번쩍 들고 방으로 들어갔다. 밥을 먹기 전 미실댁은 정희와 설희를 지긋이 바라보았다.

"니들 혼내서 뭣하겠냐. 선생님 일도 일이지만 시국이 하도 험항께 걱정이 되어서. 아부지 일도 그리고…… 또 설희가 몸이 하도 약항께, 무슨 일이라도 생기든……."

"숙모, 죄송해요. 걱정 끼쳐 드려서."

"엄마, 더 조심할께라."

"… 경찰들 눈에 안 띄는 것이 우리 심이여. 잡혀가믄 아부지 일까지 뒤집어쓰고, 그 모진 고문… 아니다. 얼른 밥부터 묵자."

가라앉은 분위기를 깨려는 듯 설희는 오는 길에 나눴던 여우 이야기를 꺼냈다.

"숙모, 정희는 안 그런 척하면서 저보다 더 겁쟁이예요. 여우고개 지날 때 얼마나 겁을 먹는지, 숙모가 봐야 하는데, 아쉽다."

"야가 어렸을 때부터 겁이 많았제. 근디 설희는 참말로 안 무섭냐?"

"언니는 구미호 만나서 사람 맨들어 주고 싶어 한단께라."

"참말로? 우리 설희는 마음도 비단결이네. 그랑께, 여우가 사람보다 낫기도 하제. 의리도 있고, 사람도 살리고."

설희는 목숨과도 같은 구슬을 뱉어내서 가족을 살린 여우가 마음에서 쉬이 떠나지 않았다. 아무 도움도 주지 못하고, 떠나 보낸 엄마가 그리울 때면 여우 생각이 더 간절했다. 설희는 여우를 만날 수만 있다면 사람으로 태어나도록 도와주고 싶었다. 미실댁은 고운 마음씨까지 정순이를 똑 닮은 설희를 애잔하게 바라보았다.

요즘 거리에는 경찰들이 눈에 띄게 많아졌다. 정희는 죄를 지은 것도 아닌데 멀찍이 경찰만 보여도 가슴이 콩닥콩닥 뛰었다. 교정을 어슬렁거리는 경찰을 보면서 정희는 언니의 손을 꽉 잡았다. 설희는 자연스럽게 걸으라고 조용히 말했다. 정희는 뒤돌아서서 언니를 집으로 보내고 싶은 충동을 가까스로 참았다.

교장 선생님 옆에 난영이, 금순이, 그리고 문예반 학생들이 모여 있었다. 날다람쥐를 닮은 말단 순사인 해순이 아버지가 젊은 경찰과 함께 학생들을 지켜보고 있었다. 젊은 경찰의 날카로운 눈매가 마음속까지 꿰뚫어 보는 것 같아 소름이 돋았다. 각이 제대로 잡힌 제복은 젊은 경찰의 인상을 더 차갑게 만들었다. 그 옆에서 굽실거리는 해순이 아버지는 오늘따라 더 비굴해 보였다.

"문예반 학상들은 다 여기 서라잉! 낯바닥 다 앙께, 허튼짓하지 말고."

겁낼 것 없다고 말하는 설희의 목소리가 떨렸다. 두 사람은 난영이 옆에 나란히 섰다.

교장 선생님은 동상처럼 반듯하게 서 있는 젊은 경찰에게 설명하기 시작했다.

"우리 학교의 수재들입니다. 공부도 잘하고, 얼마나 참한지, 얼굴이 하얀 저 학생은 글까지 잘 써서 선생님들의 칭찬이 자자합니다. 몸이 약한 것이 걱정이긴 하지만, 겨울에 서울에서 전학 와서 여기 사정은 잘 모르고."

"그런 자세한 설명 필요 없습니다."

젊은 경찰이 교장 선생님의 말을 툭 잘랐다.

문예반 학생들이 다 모였다고 하자, 젊은 경찰은 메마른 목소리로 모두 경찰서로 가서 조사를 받아야 한다고 했다.

"아니, 학생들이 뭔 죄가 있다고 지서까지 간다고 그러실까."

놀란 교장 선생님이 끼어들었다.

"아직 사태 파악 못 하셨습니까! 사상범의 제자들인데, 물이 들었는지 조사해 봐야 할 것 아닙니까?"

"젊은 양반, 서울에서 오셨다고 들었는데, 여기 목포 사람들은 먹고살기 바빠서 사상이 뭔지 알지도 못합니다. 사상 그런 것은 말도 안 되고, 야들은."

"모든 것은 우리가 판단합니다."

젊은 경찰은 교장 선생님의 말을 다시 가로챘다. 험악한 분위기에 압도되어 얼굴이 하얗게 질린 금순이는 어제와 달리 말 한마디 하지 못했다. 아니 그 누구도 말할 수 없는 분위기였다. 그때 박기동 선생님이 나섰다.

"저는 어제부터 문예반을 책임지고 있는 박기동이라고 합니다. 그렇게 따지면 학생들 전체를 잡아가야지요. 문예반 학생들은 말 그대로 학교 백일장 대회를 주관하고 글 쓰는 것이 좋아서 모인 학교의 많은 동아리 중 하나일 뿐입니다. 학교 규정에 따라 국어 선생님인 김선숙 선생님이 문예반을 맡았다가, 또한 규정에 따라 김 선생님의 공석을 제가 채우게 된 것입니다. 먼저, 문예반에 가서 활동을 조사해 보고 문제가 있다면 그때 경찰서에 가서 조사를 받아도 되지 않겠습니까?"

"아따, 우리 선상님! 누가 국어선상님 아니랄깜시 말도 청산유수네."

"김순경! 정신 똑바로 차리시오!"

젊은 경찰의 호통 소리에 주변은 쥐죽은 듯이 조용해졌다.

"박기동 선생님이라고 하셨습니까? 선생님 말씀대로 문예반에 가서 조사한 다음, 문제가 있으면 그때 데려가겠습니다."

차분하게 응대하는 박기동 선생님을 보면서 아이들은 용기를 얻었다.

"얘들아, 문예반에서 했던 활동 보러 오신 거니까, 있는 대로 이야기하면 된단다."

"그래, 다음 달에 있을 '유달 백일장'에 대해서도 알려 드리고."

"교장 선생님, 지금부터는 제가 지시합니다. 사상범들의 특징이 뭔지 아십니까?"

"글쎄요……."

"바로 이 학교 선생님들처럼 말이 많다는 것입니다."

경찰은 이미 학생들을 사상범으로 여기는 것 같았다.

키가 작은 해순이 아버지는 발을 곧추세우더니 경찰의 귀에 대고 수군거렸다. 젊은 경찰은 알겠다는 듯 고개를 끄덕거렸다. '어쩜, 하는 행동도 저렇게 얍삽할까?' 정희는 해순이까지 원망스러워졌다. 얼마 전까지 문예반이었던 해순이는 아버지의 반대로 그만두었다. 아버지 밑에서 쩔쩔매는 해순이가 가엾다가도 해순이 아버지를 보면 그런 생각이 싹 달아났다.

"자, 그람 시방 문예반에 가서 조사하겠습니다. 박기동 선상님은 동행하시고, 그라고 약속한 대로 조사해서 사상이 의심된다 하믄 바로 데려갈 것잉게, 이따가 딴소리하지 말고. 그라고 우리 경감님이 젊은 학상들이라 넓은 마음으로 학교에서 조사받게 해 준 것잉게, 이 고마움은 잊지 말더라고."

"경감님, 해순이 아버지! 고맙습니다."

"그라고 교장 선상님, 지는 해순이 아부지가 아니라 김두식 순경으로 왔웅게, 지금부터 김순경이라고 부르쇼."

일본 앞잡이 노릇을 하던 해순이 아버지는 해방이 되자, 쥐도 새도 모르게 마을을 빠져나갔다. 그런데, 어떻게 된 일인지 사라졌던 순사들이 하나둘씩 경찰서로 돌아오더니 어느 날 해순이 아버지도 경찰복을 입고 돌아다녔다. 그들은 해방 전과 달라진 것이 있다면, 더 뻔뻔해지고 악랄해졌다는 것이다. 마을 사람들은 부끄러운 줄 모른다고 수군대다가도, 해순이 아버지 앞에서는 깍듯이 인사를 건넸다.

박기동 선생님이 앞장서서 문예반으로 향했다. 하루만에 들이닥친 경찰을 보면서 일지를 숨겨두길 잘 했다는 안도감과 함께 더 정확하게 입을 맞추지 못한 것이 후회되었다. 하지만 의연한 박기동 선생님을 보면서 아이들도 차분하게 대처했다.

젊은 경찰은 자신을 양두철 경감이라고 소개한 다음, 해순이 아버지와 함께 문예반을 꼼꼼하게 살피고, 뒤지기 시작했다. 그들의 행동은 아이들에게 또 다른 공포였다. 전시된 작품을 읽어 보면서 몇 가지 질문을 던지기도 했다. 그리고 나눠 준 종이에 문예반에서 한 일을 하나도 빠뜨리지 말고 자세하게 적으라고 했다.

"문예반에서 한 일만 적으면 된다! 단, 서로 다르게 쓴 내용이 있으면 약속한 대로 경찰서에서 조사를 받도록 하겠다."

읊조리듯 말하는 경감의 목소리는 공포감을 더했다.

막상 글을 쓰려니 무엇부터 써야 할지, 어떻게 써야 할지, 앞이 깜깜했다. 그때 난영이가 문예반 회장인 자신이 대표로 적어도 되냐고 물었다. 잠시 정적이 흘렀다. 일순간 경감의 얼굴이 굳어졌다. 경감의 눈치를 살핀 해순이 아버지는,

"어떤 가시내가 나설 때, 안 나설 때를 못 가리고 지랄이다냐!"

"우리가 한 것이 맨날 모여서 글 쓰고, 백일장 대회 준비한 것밖에 없응께 한 말이구먼요."

난영이는 능청스럽게 말을 이어갔다.

"이것들이 글짓기 놀이하는 줄 아는 갑네. 시방 조사받는 것이여! 딸 친구라고 살살 말항께 정신을 못 차리고. 문예반에서 한 거 샅샅이 다 적으란 말이여! 한 마디만 더 해 봐라잉, 꽉 모가지를 비틀어 블랑께."

"김순경님, 그람, 날마다 글 쓰고 백일장 대회 준비만 했응께, 이 두 가지만 쓰면 되지라?"

마지막으로 다시 한번 신호를 보내는 난영이의 용기에 정희는 두 눈을 찔끔 감았다. 그 순간 웬일인지 아빠 생각이 났다. 대가는 혹독했다. 해순

이 아버지는 난영이의 뺨을 사정없이 내리쳤다. 난영이는 그 힘에 휘청거리며 의자와 함께 넘어졌다. 양두철 경감은 설레발 치는 해순이 아버지를 만족스러운 듯 바라보았다.

"싸가지 없이! 입 다물고 쓰라면 쓸 것이제. 경감님이 얼마나 높은 분인디, 앞에서 지랄을 떨고 난리여! 다들 시방부터 한마디만 해 봐! 바로 경찰서로 데려갈 것잉께."

그때 설희의 기침이 시작되었다. 넘어진 난영이도, 저 깊은 곳에서 애끓이며 올라오는 언니의 기침 소리도, 왜 그렇게 서러운지 정희는 눈물이 왈칵 쏟아졌다. 재빠르게 옷소매로 눈물을 훔쳤다. 경감은 미간을 찌푸린 채 설희를 사납게 쳐다보았다. 너무 긴장한 탓인지 설희의 기침은 멈추지 않았다. 박기동 선생님이 물을 건네자, 기침이 조금씩 잦아들었다. 경감의 매서운 시선은 계속 설희에게 머물러 있었다. 불똥이 언니에게 튈 것 같아 정희는 어떻게든 경감의 시선을 다른 곳으로 돌리고 싶었지만 뾰족한 수가 없었다.

"옆으로 눈깔 돌리지 말고, 다 쓴 사람은 싸게 내라잉!"

해순이 아버지의 말이 떨어지기가 무섭게 정희는 조사서를 들고 일어섰다. 후들거리는 다리를 진정시키느라 두 손에 힘이 들어갔다. 종이를 내밀자, 경감은 정희를 빤히 쳐다보았다. 잘못한 것도 없는데 얼굴이 빨갛게 달아올랐다. 종이를 반듯하게 펴라는 듯 검지로 구겨진 종이 부분을 탁탁 두드렸다. 떨리는 손에 힘을 주며 종이를 반듯하게 폈다. 경감은 글을 훑어보더니 들어가도 좋다는 듯 고개를 끄덕거렸다. 정희가 제출하자마자, 문예반 아이들은 기다렸다는 듯이 줄줄이 조사서를 들고 나왔다.

학생들의 글을 훑어본 경감은 백일장 대회를 왜 앞당겼는지 물었다. 박기동 선생님은 선거 전에 끝내기 위해서라고 답했다. 조사서를 거칠게 쥔 경감은 문제가 있으면 다시 오겠다는 말을 남기고 자리를 떠났다. 날다람쥐가 잽싸게 뒤따라 나갔다.

난영이 덕분에 모두 똑같은 글을 써낼 수 있었다. 문예반 아이들은 난영이 곁으로 몰려들었다. 난영이의 뺨은 빨갛게 부풀었고, 멈추지 않는 코피를 옷소매로 누르고 있었다. 박기동 선생님은 냉수 찜질이라도 해야겠다며 바삐 나갔다. 문예반 아이들은 누가 먼저랄 것도 없이 서로가 서로를 부둥켜안았다. 그렇게 안은 채 아무 말 없이 흐느껴 울었다. 무사히 지나갔다는 안도감, 그리고 난영이의 용기에 대한 고마운 마음을 그렇게 나눴다.

2장
설희 언니

보름달이 온 동네를 환히 비춘 밤, 먹구름이 달을 감싸자 순식간에 세상은 칠흑같이 어두워졌다. 가끔 개 짖는 소리만이 밤의 정적을 방해했다. 급하게 숲길을 걷던 미실댁은 누군가 따라오는 것 같은 기분에 자꾸 뒤를 돌아보았다. 걸음을 멈추자 바스락거리는 소리도 멈췄다. 걸음을 재촉하자, 다시 누군가 빠른 걸음으로 뒤따라오는 듯했다. 신경이 곤두서 있던 미실댁은 갑자기 나타난 들짐승에 놀라 소리를 지르며 뒤로 넘어졌다. 숲속으로 노루 두 마리가 뛰어가는 것이 보였다.

"아이고, 놀래라."

사나운 짐승이 아니라는 것을 알고 미실댁은 가슴을 쓸어내렸다. 땅에 주저앉았다 일어나던 미실댁은 지금까지 바짓가랑이가 부딪히면서 나는 소리인 걸 깨닫자, 피식 웃음이 나왔다. 다행히 여우고개를 지날 때 먹구름이 걷히면서 길이 다시 밝아졌다. 늦은 밤, 누구나 두려워하는 여우고개를 지나 읍내까지 나선 것은 기침하던 설희가 피를 왈칵 쏟아냈기 때문이다.

"안 되겠다. 시방 병원에 다녀와야겄다."

"엄마, 혼자 무서울 것인디, 아저씨 야간 근무라고 했응께, 숙자 이모랑 가믄 되겠네."

"시방 한시가 급한디, 무섭기는 뭐시 무섭다냐."

설희는 그 와중에 가지 말라는 듯 손을 흔들었다. 미실댁은 애써 설희를 외면한 채 길을 나섰다. 한참 동안 기침을 하던 설희는 어느새 잠이 들었다. 각혈의 양을 보니, 피를 쏟아 낸 지 한참 된 것 같았다. 정희는 죽은 듯이 누워 있는 언니의 가슴에 살포시 귀를 대 보았다. 새근새근 숨소리가 들려왔다. 인기척에 눈을 뜬 설희는 말을 하려다 말고 정희의 손을 잡아당기더니 손바닥에 한 글자씩 써 내려갔다.

'외 숙 모 밤 길 무 서 울 텐 데?'

손가락이 떨리나 싶더니 설희는 울고 있었다. 정희의 눈시울도 뜨거워졌다. 정희는 눈 감고도 다니는 길인데 뭐가 무섭냐고 큰소리를 치면서 우는 언니를 모른 척했다. 환한 달빛이 방안까지 스며들었다. 달빛을 받은 설희 언니가 너무 곱고 예뻐서 천사가 아닐까 하는 착각이 들었다. 달빛을 보던 설희는 방문을 열어 달라고 했다.

"밤바람이 찰 것인디?"

"괜찮아. 나 황소고집이라며?"

두 사람은 엷게 웃었다.

정희는 마지못해 방문을 열었다. 구름에 가려졌다 다시 나타나는 달빛에 취해 한참을 멍하니 바라보았다. 신비로운 달빛은 묘하게 빠져드는 힘이 있었다. 깊고 고요한 밤의 정적을 깨우는 짐승들의 울부짖는 소리도 들려왔다. 이름 모를 새들의 소리까지 어우러져 밤의 축제가 시작된 듯했다. 설희는 오랜만에 찾아온 마음의 평온함을 즐겼다.

"정희야, 바우마을 밤은 또 다른 세상이 있는 것 같아서 좋아."

"나는 마을이 지긋지긋하다는 생각만 했는디, 언니 말 듣고 본께, 밤은 짐승들의 세상인갑네."

"그치? 소리도 제각각 합주곡 같아."

"언니 땜시 밤의 세상도 느끼고, 구미호의 마음도 알게 되고… 그랑께 우리 평생 같이 살세."

"……."

"언니가 온 것이 가끔 꿈인가 생신가 헷갈린당께."

"미안해… 정희야."

"좋다는 사람한티 뜬금없이 뭐시 미안하단가?"

"맨날 아프고, 걱정만 시키고… 안 아프고 싶은디… 맘대로 안 돼."

눈가를 타고 흘러내린 눈물이 설희의 귀밑 머리카락을 적셨다. 그런 언니를 바라보는 정희의 눈시울도 뜨거워졌다.

"언니 안 왔으믄 나는 시방도 외톨이였을 것이여. 동네 할매들이 언니가 온 뒤로, 내 얼굴이 활짝 피고 이뻐졌다는 말 못 들었는가?"

맞는 말이라면서 설희는 울다 웃었다.

몽롱한 달빛에 취해 있던 정희는 밤이 깊어질수록 그동안 알지 못했던 신비로운 세계로 빠져드는 것 같았다. 언니가 건강해질 수만 있다면, 아니 더 아프지만 않다면, 뭐든지 하겠다고 달을 보며 빌고 또 빌었다.

미실댁은 자정이 지나서 돌아왔다. 땀에 젖은 옷을 보니 얼마나 서둘렀는지 짐작이 되었다.

"설희는 언제 잠들었냐?"

"아까침에. 엄마, 의사 선생님은 만났지라?"

"하늘이 도왔다. 급한 환자가 생겨서 집에 못 가고 계시더랑께."

"언니 괜찮다고 하지라?"

미실댁은 정희 시선을 외면한 채 잘 먹고 잘 쉬면 낫는 병이 결핵이니 당연히 좋아질 거라고 했다. 정희는 '언니 살 수 있지라?'라고 묻고 싶은 것을 입이 방정이라고 할까 봐 그만두었다. 말소리에 깬 설희는 미실댁을 보자마자 또 눈물 바람이었다.

"아니, 야가 청승맞게 밤에 어째 울고 난리다냐?"

소리도 내지 않고 닭똥 같은 눈물만 뚝뚝 흘리는 설희에게 미실댁은 지어 온 약을 야무지게 털어 넣었다. 그날 밤새 기침을 해 대는 설희 때문에 모두 새벽녘이 되어서야 잠이 들었다.

부스럭대는 소리에 잠이 깬 정희는 학교 갈 채비를 하는 언니를 보자, 화가 치밀어 올랐다.

"언니, 시방 뭐한가?"

밤새 기침을 했으면 하루 쉴 법도 하건만 기어코 학교에 가겠다고 가방을 챙기는 언니를 보자 정희는 걱정에 앞서 짜증이 났다.

"… 백일장이 얼마 남지 않았잖아."

"시방 뭐시 중한가? 몸보다 백일장이 중한가?"

대답이 없자, 정희는 벽에 걸린 수건을 낚아챈 뒤, 퉁퉁거리며 씻으러 나갔다.

요즘 설희는 박기동 선생님에게 개인적으로 글쓰기 지도를 받고 있었다. 그래서 더구나 학교를 빠지지 않으려고 했다. 설희의 고집을 꺾지 못한 미실댁은 애먼 정희에게 언니 잘 챙기라며 신신당부를 했다. 그런 엄마의 말에 대꾸도 없이 대문을 나서는 정희의 눈치를 살피며 설희가 뒤따라 나섰다. 걷다가 화가 누그러진 정희는 어느새 설희와 나란히 걷고 있었다.

어린 살갗처럼 순한 햇살을 받은 설희 얼굴은 하얗다 못해 파리해 보였다. 정희는 그런 언니를 보면서 구미호를 생각했다. '나에게도 구슬이 있다면, 내 목숨과도 같은 여우구슬을 꺼내서 언니를 살릴 수 있을까?' 정희는 게욱질을 해 봤다. 놀란 설희는 정희의 등을 두드리며 괜찮냐고 물었다. 여우구슬이 있는지 확인하는 중이라는 정희의 말에, 설희는 어이가 없는지 헛웃음을 쳤다. 웃는 언니를 보자, 어젯밤 아파하던 언니의 모습이 먼 옛일처럼 느껴졌다. 게욱질을 하며 장난을 치는데 어김없이 동수가 나타났다.

"괜찮냐? 밤새 기침하던디……."

정희 집과 나란히 붙어 있는 동수 집까지 설희의 기침 소리가 들렸나 보다. 아니면 동수의 온 신경이 설희에게 와 있었는지도 모르겠다. 설희를 챙기던 동수는 게욱질하던 정희에게 물었다.

"아침부터 뭘 잘못 묵었나?"

"많이 처묵어서 그런다."

"아니야, 정희가 나 웃겨 주려고 그런 거야."

만나기만 하면 말다툼을 하는 두 사람을 말리느라 설희가 한마디 거들었다.

"하는 짓 하고는."

"야, 박동수! 모르믄 입 다물어라잉."

정희 말에 대꾸도 하지 않은 동수는 불쑥 설희에게 약병을 건넸다. 아빠가 가져온 영양제라며 잘 챙겨 먹으라고 던지듯 주고 사라졌다. '나쁜 놈' 정희는 한마디 하고 싶은 것을 꾹 참았다. 자꾸 게욱질을 해서 그런지 속도 더부룩하고, 오늘따라 언니만 챙기는 동수가 야속하게 느껴졌다. 설희는 약병을 손에 쥐고 어쩔 줄 몰라 했다. 집에 가서 엄마랑 셋이 먹자는 말에 설희는 마지못해 약병을 가방을 넣었다.

경찰들이 학교에 다녀간 후, 문예반 학생들은 보란 듯이 백일장 준비에 들어갔다. 5년 전 문을 연 항도여중은 어느새 목포의 명문 학교로 자리를 잡았다. 시인이었던 교장 선생님은 전국 각지에서 이름난 선생님을 모셔 왔고, 젊고 유능했던 박기동과 안성현 선생님은 학생들의 인기를 독차지 했다. 두 선생님의 책상에는 들꽃이 끊이지 않고 꽂혀 있었다.

목포는 유난히 예술가들이 많은 지방이었다. 특히 교장 선생님은 예술 행사라면 아끼지 않고 지원해 준 덕분에 항도여중생들은 시 낭송은 물론 미술, 합창, 무용, 발레까지 예술적 재능을 맘껏 키울 수 있었다. 언젠가는 학예회 때 처음 보는 발레복이 흉측하다며 자식을 다른 학교로 전학시키 겠다는 웃지 못할 일이 벌어지기도 했다. 그러나 예술적 감흥을 즐길 수 있었던 학교에 대한 학생들의 자부심은 남달랐다. 시와 노래 그리고 자연을 사랑하는 낭만적인 감성은 요동치는 시국을 이겨낼 수 있는 큰 힘이었다. 학교 뜰에 두세 명만 모이면 노랫소리가 들려왔고, 한쪽에서는 문학과 세상을 논하며 시간 가는 줄 몰랐다.

김선숙 선생님 사건 이후, 해순이 아버지는 학교에 불쑥불쑥 얼굴을 내미는 날이 많았다. 하지만 학생들은 별다른 동요 없이 수업이 끝난 후에도 합창이나 무용, 배구 등 다양한 활동을 이어갔다. 그리고 변함없이 교정에서 시를 읊고 노래하는 소리가 들려왔다.

단독정부가 들어선 후 펼쳐지는 첫 선거에 대해 기대도 컸지만, 강압적인 분위기에 숨죽이며 선거가 끝나길 바라는 이도 많았다. 선거 유세는 곳곳에서 펼쳐졌다. 유세가 시작되면 어른부터 아이까지 연설을 듣기 위해 순식간에 사람들이 몰려들었다.

5·10 총선을 한 주 앞두고 항도여중에서는 '유달 백일장'이 열렸다. 누가 장원이 될지 쟁쟁한 후보들을 거론하며 점쳐보는 것이 학생들 사이의 화젯거리였다. 작년에 장원이었던 난영이와 글쓰기 실력을 인정받은 설희도 학생들의 입에 오르내렸다.

"올해 장원은 누가 될란가 참말로 궁금하당께."

"당연히 설희 언니겠제. 그런 큰 대회에서 대상까지 받았는디."

얼마 전, 설희는 목포 앞바다 고하도에 있는 사회복지시설인 감화원을 배경으로 쓴 시로 전국글짓기대회에서 대상을 받았다. 학교 교문에 현수막을 걸고 온 동네방네 자랑하기도 했다.

"정희 언니도 만만치 않을 것인디."

"올해는 쟁쟁한 사람들이 많응께, 나는 입선이나 할란가 모르겠다."

"나는 설희한티 한 표 줄란다. 고하도에 살믄서 감화원이 무섭다는 생각만 했는디, 거기 사는 사람들을 생각하는 설희 맘에 감동했당께."

모두 장원에 관심을 가질 때, 정희는 언니가 무사히 백일장을 치를 수 있기를 바라고 있었다.

'유달 백일장' 당일, 교장 선생님의 축사가 이어지고, 학생들의 박수와 함성에 맞춰 시제가 공개되었다. 이번 시제는 '봄'과 '1948년'이었다. 삼삼 오오 모인 학생들은 교정을 누비며 글쓰기에 적당한 자리를 찾아 나섰다. 백일장을 축하라도 하듯 맑고 푸른 하늘이 펼쳐졌다. 아름드리나무 그늘 과 교정에 자리를 잡은 학생들은 글쓰기에 여념이 없었다. 진지한 모습을 보자면 모두 장원감이었다. 박기동과 안성현은 진중하게 글을 쓰는 아이 들을 보는 것만으로도 흐뭇했다.

"김 선생 빈자리 채우느라 고생 많았네."

"고생은, 문예반 애들이 다 알아서 하던데. 그것보다 설희가 각혈까지 했다니 걱정이네."

"교장 선생님께 얘기 들었네. 의지가 강한 애라 이겨낼 걸세."

"그래야지……."

한숨을 내쉬는 박기동 선생님을 보면서 안성현은 지난해 결핵으로 세 상을 떠난 누이를 떠올렸다.

선생님들의 간절한 마음과는 달리 설희는 백일장이 끝나고 심하게 앓 기 시작했다. 학교에도 나가지 못한 설희는 며칠 새 건강이 급격히 악화 되었다. 거친 숨만 내쉴 뿐 눈도 잘 뜨지 못했다. 미실댁은 읍내에서 의사 를 모셔왔다. 의사는 설희의 맥을 짚어 보더니 고개를 흔들었다.

"선상님, 어째 그런다요. 딱 부러지게 말을 해 줘야 알지라?"

노심초사 마음을 졸이고 있던 정희는 숙자 이모의 말을 듣고서야 현실을 깨달았다.

"……."

"선상님, 선상님! 아직 꽃도 못 피운 앱니다. 괜찮하지라?"

말이 없는 의사에게 미실댁은 따지듯, 애원하듯 물었다.

"폐가, 제 역할을 못 하니 숨 쉬는 게 엄청 힘들 텐데, 사실 지금까지 버텨 준 것이 대단합니다. 제가 할 수 있는 게 진통제를 처방해 주는 것밖에 없어서… 죄송합니다."

"아이고! 야가 며칠 전까지 핵교도 갔는디, 선상님! 다시 한번만 살펴봐 주쇼?"

"죄송합니다."

"선상님, 그라지 마시고 한 번만 더 살펴봐 주시랑께라."

엄마와 이모의 큰소리에도 설희는 눈을 뜨지 않았다. 정희는 울먹이며 언니를 흔들어 깨웠다. 시간이 갈수록 숨소리가 잦아드는 것을 보자 정희는 덜컥 겁이 났다. 순간 동수 생각이 났다. 동수라면 언니를 살려낼 수 있을지도 모른다는 기대와 함께 마지막일지도 모른다는 생각이 정희를 괴롭혔다. 정희는 벌떡 일어나 동수 집으로 향했다.

"동수야! 동수야!"

동수 엄마와 동수가 동시에 방에서 나왔다. 동수 엄마는 못마땅한 눈초리로 정희를 쳐다보았다.

"뭔일이냐? 가시내가 이 야밤에. 심바람 온 것은 아닐 것이고."

"동수야! 언니가……."

"설희가 왜?"

동수는 대답도 하지 못하고 울고 있는 정희를 보더니 곧장 정희 집으로 향했다. 동수 엄마는 욕을 퍼부으며 아버지가 집에 있으라는 말 못 들었냐며 소리를 질러 댔다.

파리한 얼굴로 누워 있는 설희가 동수 눈에 들어왔다. 동수는 조용히 설희를 불렀다. 목소리가 가늘게 떨렸다. 설희는 동수 목소리에 살며시 눈을 떴다. 설희는 동수와 숙모, 그리고 정희를 차례대로 바라보더니 다시 눈을 감았다. 눈을 뜨는 것조차 힘겨워 보였다.

"언니, 동수 왔는디 눈 좀 떠보랑께."

설희는 한참 후에 다시 눈을 떴다. 미실댁은 설희의 손을 꼭 잡았다.

"동수야, 숙자 이모… 우리 정희랑… 숙모… 잘 부탁해…."

"아야 설희야, 뭔 그런 부탁을 하고 그라냐? 얼른 니만 건강해지믄 된께, 털고 일어나라잉."

"설희야, 맘 단단히 묵어라. 의사 선생님도 괜찮다고 했응께."

미실댁은 설희가 눈 뜬 틈에 어떻게든 희망을 전하느라 바빴다. 숙모와 정희를 바라보는 설희의 눈빛에 애절함이 가득했다. 정희는 언니가 무슨 말을 하는지 알 것 같았다. 정희를 보며 입가에 엷은 미소를 지은 설희는 다시 눈을 감았다. 다급해진 동수는 설희 옆으로 다가갔다. 손을 내밀었다가 차마 잡지 못하고 망설이던 동수는,

"설희야! 니 부탁 알았응께, 걱정 말고 얼른 일어나기만 해."

동수 말에 설희는 눈을 감은 채 고개를 끄덕거렸다.

그렇게 얼마나 시간이 지났을까? 간절한 마음과 달리 설희는 숨을 크게 한번 내쉬더니 숨소리가 잦아들면서 조용해졌다. 미실댁은 설희 가슴에 귀를 대더니 얼굴이 하얗게 질렸다.

　"야가 왜 그런다냐? 설희야, 설희야!"

　엄마의 울부짖음에 정희도 언니 이름을 애타게 불렀다. 인사도 제대로 못 했고, 해야 할 말도 많았다. 순식간에 울음바다가 되었다. 동수는 넋이 나간 듯 앉아 있었다. 모두 설희의 죽음이 보고도 믿기지 않았다. 여름을 맞이하기도 전에 설희는 그렇게 갑자기 세상을 떠났다.

　유달 백일장의 장원은 설희 차지였다. 시상식 날, 학교는 울음바다가 되었다. 전교생이 슬픔에 젖었다. 정희는 설희 언니 대신 시상식대에 올랐다. 정희는 푸른 하늘이 원망스러웠다. '며칠만 더 버텨 주지.' 좋아했을 언니 생각에 마음이 한없이 아려왔다.

1948년, 하늘 아래

홍설희

거리에 사람들의 물결이 휘날리던 그날,
우리는 감격의 눈물을 흘렸다.
분단이라는 두 글자의 의미를 알게 된 그날,
우리는 통곡의 눈물을 흘렸다.

그리고 찾아온
1948년.
왜,
우리는
무엇 때문에
오늘도 처절하게 울부짖는가!

그리고 맞이한
1948년.
왜,
우리는
무엇을 위해
오늘도 거리로 나섰는가!

형형색색 꽃들이 어우러져
축제가 한창인 들녘에
붉은 꽃만 피어나네.
붉디 붉은 꽃만 피어나네.

훈훈한 정이 넘치는
이웃들의 마음에

붉은 꽃만 피어나네.
붉디 붉은 꽃만 피어나네.

시상식이 끝난 후 설희의 작품과 상장이 문예반 한쪽 벽면에 걸렸다. 정희는 멍하니 언니의 작품을 바라보았다. '언니는 자신의 죽음을 미리 알고 있었던 걸까?' 작품을 보면서 드는 생각이었다.

"가시내가 성격도 급하당께, 쬐끔만 더 있다 가제."

침묵을 깨며 금순이가 한 말이었다.

"나는 설희 언니 처음 봤을 때 선녀인 줄 알았구만."

"그랑께, 얼굴이 하도 희고 고운께 처음엔 말도 못 붙였당께."

"머시매들이 설희 얼굴 한번 볼라고 학교 앞에서 기다리고 난리였제."

"그랑께, 느자구 없는 놈들이 넘볼 것을 넘봐야제."

설희 이야기로 울다 웃으며 시간을 보내다가도 잠시 흐르는 정적 사이로 슬픔이 파고들었다. 허망하게 세상을 떠난 설희의 흔적을 지우느라 모두 아픈 시간을 보내고 있었다.

시상식이 끝난 후, 박기동과 안성현은 유달산 근처의 단골 탁주집에서 술잔을 기울이고 있었다. 유달산 아래 펼쳐진 바다와 언덕배기에 다닥다닥 붙어 있는 집들 사이로 멀리 고하도가 눈에 들어왔다. 탁월한 글솜씨로 온갖 만물에 생명을 불어넣었던 설희는 불꽃처럼 살다 짧은 생을 마감

했다. 그런 설희의 삶이 안타까워 박기동은 말없이 술잔만 들이켰다.

"제대로 꽃도 못 피우고……."

"그러게 말일세. 실은 나도 작년에 어린 누이를 결핵으로 잃었네."

박기동은 놀란 눈으로 안성현을 바라보았다. 그 역시 지난해에 누이를 잃었기 때문이다. 몸이 약했던 누이는 시집가서 후사도 없이 세상을 떠나고 말았다. 너무 착한 누이여서 안타까움이 더했다. 박기동은 고향 벌교에 누이를 묻고 내려온 날 썼다는 시를 읊었다.

　　부용산

　　부용산 오릿길에
　　잔디만 푸르러 푸르러
　　솔밭 사이사이로
　　회오리바람 타고
　　간다는 말 한마디 없이
　　너는 가고 말았구나
　　피어나지 못한 채
　　병든 장미는 시들어지고
　　부용산 봉우리에
　　하늘만 푸르러 푸르러

누이를 먼저 보낸 오빠의 슬픔이 그대로 담겨 있는 시였다. 시를 읊고 나자, 누이를 잃었을 때 아린 마음이 그대로 되살아났다. 시를 듣고 한동안 말이 없던 안성현은 시에 곡을 붙여 노래로 만들자고 제안했다. 문학소녀였던 설희와 누이를 먼저 보낸 안타까움을 어떻게든 표현하고 싶었던 두 사람의 뜻이 모아지는 순간이었다.

설희는 여우고개에 묻혔다. 학교를 오갈 때마다 지나쳐야 하는 길목이자, 무엇보다 설희가 그토록 만나고 싶어 했던 여우라도 만났으면 하는 마음에 미실댁은 고민 끝에 이곳으로 정했다. 봉분도 없는 초라한 묘였다. 당시 결혼하기 전 세상을 떠난 사람들이 하는 일반적인 장례였다.

그날 동수 집에서는 한바탕 난리가 났다. 동수를 방에 가두고 밖에서 방문을 걸어 잠근 것이 화근이었다. 엄마 말이라면 잘 따르던 동수가 울부짖으며 소리를 질러 댔고 결국 문짝을 부수고 뛰쳐나온 것이다. 그렇게 동수는 엄마 속을 발칵 뒤집어 놓고, 설희의 마지막 길로 달려갔다. 뒤늦게 이야기를 들은 동수 아빠마저 인정머리 없는 아내에게 불같이 화를 냈다. 남편의 말에 서러웠던 동수 엄마는 정희 집에 할 만큼 했다며 온 동네 떠나갈 듯 소리를 질렀다. 동네 사람들이 하나둘씩 모여들자, 동수 엄마는 보란 듯이 서럽게 울어 댔다.

"저것도 병이구만. 어째 못 잡아먹어서 저 난리를 칠끄나."

"그랑께, 얼마나 했으믄 순하디 순한 동수가 문짝을 뿌수고 나왔겄소?"

"동수 아부지가 하도 무심항께 더 그라겄제."

"아이고, 동수 아버지가 처음부터 그랬단가? 마른 낙엽마냥 인정머리 하나 없는 여편네한테 시달려서 그라제."

울부짖는 동수 엄마를 불구경하듯 바라볼 뿐 누구 하나 선뜻 나서서 달래는 사람이 없었다.

미실댁은 마음도, 얼굴도 비단결처럼 고왔던 설희를 가슴에 묻었다. 그리고 친구이자, 시누였던 정순이를 하염없이 불렀다. 부족할 것 없이 다 복했던 집안에 어두운 그림자가 드리운 것은 남편이 좌익사상에 빠지면서부터였다. 경찰이었던 설희 아버지도 행방불명되었고, 제대로 된 치료 한번 받지 못하고 세상을 떠난 정순이를 생각하면 미실댁은 마음이 미어졌다. 그래서 더 잘 키우려 했던 설희마저 잃게 된 미실댁은 주먹 쥔 손으로 한 맺힌 가슴을 세차게 내리쳤다. 그렇게라도 하지 않으면 답답한 가슴이 풀리지 않을 것 같았다. 정희는 엄마의 한 맺힌 소리가 가라앉을 때까지 함께 울었다.

며칠 후, 정희는 박기동 선생님의 호출로 교무실을 찾았다. 흰색 와이셔츠에 감색 양복이 유난히 잘 어울렸다. 그는 정희에게 한 장의 악보를 건넸다. 악보에 적힌 노래 제목은 '부용산'이었다. 작시 박기동, 작곡에는 안성현 선생님의 이름이 적혀 있었다. 정희는 무슨 영문인지 몰라 악보를 든 채 선생님을 바라보았다.

"정희야, 노랫말이 어떤지 한번 읽어 보렴."

궁금증을 뒤로하고 노랫말부터 읽었다.

"애잔한데라. 그란디 어째 이것을 나한티……."

"설희를 기리기 위해 만든 노래란다."

설희라는 말에 정희는 울컥 눈물이 쏟아졌다.

누이를 잃고 썼던 선생님의 시에, 안성현 선생님이 곡을 붙여서 만든 노래라는 말에 정희는 또 한번 놀랐다. 생각지도 못했던 일이었다. 시와 음악이 만나 한 곡의 노래가 탄생한 것이다.

"정희야, 실력은 없지만 선생님이 한번 불러 보마."

어리둥절한 정희는 대답 대신 고개를 끄덕였다.

가슴 저린 노래였다. 슬픈 곡조에 언니를 떠나 보낸 마음이 이제야 실감이 난 정희는 고개도 들지 못한 채 한참을 울었다. 박기동 선생님은 정희가 눈물을 그칠 때까지 말없이 기다렸다. 피어나지도 못하고 시들었다는 노랫말이 설희 언니를 이야기하는 것 같아 정희는 울고 또 울었다. 갑자기 떠난 언니를 마음에서 보내지 못하고 헤매던 정희에게 노래는 큰 위로이자 위안이었다. 정희는 언니를 다시 만난 것처럼 악보를 소중히 품에 안았다. 정희는 몇 번이나 고맙다는 인사를 건네고 자리에서 일어났다.

「부용산」이 울려 퍼진 문예반에 잠시 정적이 흘렀다. 벅찬 마음에 상기된 얼굴로 서로를 바라보았다. 구슬픈 곡조와 노랫말은 순식간에 소녀들의 마음을 빼앗았고, 두 선생님의 제자 사랑은 큰 감동으로 다가왔다. 불안했던 시국에 「부용산」은 소녀들의 감성을 채워 주기에 더없이 좋은 노래였다. 교정의 푸르른 나무 아래에서, 음악실에서, 합창단에서도 어김없이 「부용산」이 흘러나왔다. 그렇게 「부용산」은 전교생의 애창곡이 되었고, 주변 학교로 퍼져 나갔다.

"듣고만 있어도 이렇게 맘이 아픈디, 정희 속은 속이 아니것제."

"긍게 속이 깊은 가시내라… 그나저나 우리 선상님들 참말로 최고랑게."

"어찌께 이런 구슬픈 가락을 만들었을끄나?"

"나는 음악 선생님이 옆에 지나가기만 해도 심장이 벌렁거링당께."

"그랑께, 잘 생겼제, 키도 크제, 노래도 잘 하제."

"참말로 선생님들 땜시 항도여중에 다니는 것이 자랑스럽당께."

노래 「부용산」과 함께 박기동 선생님과 안성현 선생님은 항도여중을 넘어 목포의 스타가 되었다.

시간이 지나면서 「부용산」은 동네 선술집에서도 흘러나왔다. 누군가 선창을 하면 즉석에서 합창대회라도 열린 듯 함께 따라 부를 수 있을 정도로 사랑받는 노래가 되었다. 고단한 하루를 보내고 술 한 잔 기울이며 부르는 「부용산」은 삶에 지친 이들에게 더없이 좋은 위로였다. 절박한 삶처럼 가파른 언덕길을 따라 늘어선 집으로 향하던 사람들은 어디선가 들려오는 구슬픈 가락에 취해 하루의 고단함을 씻어 냈다.

자기 색을 맘껏 뽐내는 낙엽을 보면서 정희는 어느새 가을이 깊어졌다는 것을 깨달았다. '숲을 수놓은 낙엽을 보면 언니는 뭐라고 했을까?' 언니가 없는 생활에 익숙해질 법도 하건만 정희는 시간이 갈수록 그 빈자리가 더 크게 다가왔다. 이런저런 생각에 빠져 있던 정희는 집 앞을 서성이는 동수와 마주쳤다. 설희의 장례가 끝난 후, 동수와 정희는 약속이나 한 듯 서로 모른 체하고 지나쳤다. 정희 집 일이라면 치를 떠는 동수 엄마의 행동으로 두 사람은 자연스럽게 멀어졌다.

"얼굴이 영 못쓰게 됐다."

말을 거는 동수도 몰라보게 야위어 있었다.

"웅. 그냥 그라제."

"……."

"뭔 일 있냐?"

"혹시… 「부용산」 악보 있냐?"

언니의 흔적을 찾아 헤매는 동수가 안쓰러웠다. 정희는 괜시리 목이 메어 대답 대신 고개를 끄덕였다.

"밤에 필사해서 줄께."

"설희도 하늘나라에서 듣고 좋아하겄제?"

"나도 언니가 좋아하겄다고 생각했구만."

"한번 지대로 배워 볼라고… 이런 부탁혀서 미안하다."

무엇이 미안하다는 것인지 정희는 곰곰이 생각했다.

"그라고 정희야……."

동수는 한참을 망설이다 한마디 했다.

"못되게 군거 잊어부러라."

"그렇게 말하믄 나도 마찬가지제."

동수와 정희는 마주 보며 멋쩍게 웃었다.

"아줌마는 어떠시냐?"

"웅… 그럭저럭 지내제."

"선거도 끝났고 아줌마도 편해지시믄 좋겄다. 그라고 이거 받어. 끝물이라 달고 맛있어서 봐 뒀는디, 무화과 귀신잉께."

동수 집에는 과실나무가 많았다. 달걀 모양의 무화과 열매가 나뭇가지 끝에 앙증맞게 모습을 드러내자, 잘 익으면 따 주겠다고 설희 언니와 약속했던 무화과였다. 붉은 속살이 입에서 살살 녹으면 세상 부러울 것이 없다는 말에 언니는 무슨 맛일지 궁금하다며 입맛을 다시곤 했다. 이제 무화과는 익었지만, 언니는 곁에 없었다. 정희는 손에 쥔 무화과를 한참 동안 들여다보았다. 그때 어디선가 동수 엄마의 앙칼진 목소리가 들려왔다. 놀란 두 사람은 뒤도 돌아보지 않고 각자 집으로 향했다.

미실댁은 숙자 이모와 이야기를 나누고 있었다. 이제 갓 돌이 지난 금이는 숙자 이모 등에서 잠들어 있었다.

"참말이랑게라. 제주도에서 난리가 났다고 하더랑게라."

"이모, 난리라뇨?"

"오메, 뭔 무화과다냐?"

"동수가."

동수라는 말에 미실댁은 놀란 눈으로 정희를 바라보았다. 정희는 걱정 말라는 눈빛을 보냈다. 설희 언니 생각에 차마 먹지 못한 무화과를 엄마와 이모에게 하나씩 내밀었다.

"어찌께 시방까지 무화과를 애껴뒀으끄나. 동수 엄마 볼란가 모릉께 후딱 먹어블세. 그나저나 제주도 난리 난 얘기 참말로 못 들었소?"

"속 시끄럽게, 정확하지도 않은 얘기 그만하고. 점심 안 먹었지야?"

"언니도 참, 내가 말은 많아도 없는 얘기를 지어내는 것도 아니고."

말하는 것을 좋아하는 숙자 이모는 하고 싶은 말을 참지 못하는 성격 때문에 가끔 동네 사람들과 다투기도 했다. 미실댁은 숙자 이모에게 말만 줄이면 된다고 타일렀지만, 그 성격은 쉽게 버리지 못했다. 정희는 숙자 이모를 보면서 사람은 성격대로 산다는 말이 맞다는 생각을 하곤 했다.

요즘 숙자 이모는 옷차림도 화려해지고 걸음걸이도 당당해졌다. 산으로 정찰 갔던 남편 최동팔이 산에 숨어 있는 남로당원을 잡는 공을 세웠기 때문이다. 최동팔은 승진도 하고 포상금으로 쌀을 받았다는 소문이 자자했다. 처음에 한 가마니였던 쌀은 어느새 열 가마니로 올라가 있었다. 기세등등한 해순이 아버지도 최동팔 앞에서 고개를 숙이는 것을 보면 높은 자리로 올라간 것은 맞는 듯했다.

　"참, 정희야, 요즘 「부용산」 모르믄 간첩이라는디, 제대로 한번 배워 볼끄나?"

　"이모는 노래 잘 항께 배울 필요도 없제라."

　"긍게 「목포의 눈물」만 불렀다 하믄 가수 이난영이 왔냐고 난리당께, 근디 노래를 잘 해서 배운다냐, 설희 생각도 하고……."

　갑자기 울먹이는 숙자 이모가 엄마 앞에서 눈물을 쏟아낼 것 같아 정희는 화제를 딴 데로 돌렸다.

　"이모, 그란디 하늘 같은 아저씨 밥 차려 줄 때 된 거 같은디?"

　"아이고, 내 정신머리 좀 보소."

　잠에서 깬 금이를 달래며 숙자 이모가 나가자, 미실댁은 다그치듯 물었다.

　"동수 엄마 알믄 또 노발대발할 것인디 뭐할라고 동수를 만났냐?"

　"동수가 집 앞에서 기다리고 있어서라. 노래 지대로 배우고 싶다고 악보 잠 달라고 해서."

　정희의 말을 듣고 미실댁은 안심이 되었다.

　사람들이 「부용산」을 부르고 찾을 때마다 설희를 기억해 주는 것 같아 미실댁은 내심 뿌듯하면서도 여러 가지 감정이 교차했다.

"잘못은 없다마는 외아들이라고 어찌게 될까 봐 저 난린께, 동수 엄마 보는 데서는 항시 조심혀라."

야박한 동수 엄마를 생각하면 억울했지만, 막무가내인 사람 앞에서는 조심하는 것밖에 어찌할 도리가 없었다.

아침, 저녁으로 날이 제법 쌀쌀해졌다. 정희가 쓸 따뜻한 세숫물을 가마솥에서 떠 오던 미실댁은 급하게 들어서는 숙자와 마주쳤다.

"뭔 일이다냐? 숨 넘어가겠네."

숙자 이모는 평소와 다르게 몇 번이나 말을 하려다 다시 입을 다물었다. 미실댁은 안절부절못하는 숙자에게 무슨 일이냐고 물었다.

"아이고, 답답한그. 언니한테 말을 해 줘야 쓰것는디, 말을 하자니 맘 상하고."

"내가 더 맘 상할 것이 뭣이 있다냐?"

그래도 머뭇거리자, 미실댁은 이야기할 거면 하고 아니면 집에 가라고 나무랐다.

"야, 그람 다시 올께라."

"금이 아부지한티 지청구 듣지 말고 후딱 집으로 가라."

힘없이 대답하고 집으로 가던 숙자 이모는 다시 돌아오더니 차가운 마루에 털썩 주저앉았다.

"아이고, 속 탄그. 그냥 가도 맘 편히 못 있을 것 같응게 다시 왔구만이라."

“참말로 아침부터 답답하게 어째 그런다냐? 속 시원하게 말을 하든가.”

“아니, 지가 「부용산」을 배운다고 한께, 금이 아버지가 노발대발 화를 내서라.”

“금이 아부지가! 뭐 땜시 그럴까나?”

설희와 관련된 이야기인 것을 알고 미실댁은 숙자 옆으로 다가가며 물었다.

“긍게 그것이 참 말하기 거시기한디.”

“거시기고 뭐시고 간에, 애태우지 말고 말혀 봐.”

내심 「부용산」이 불리는 것이 자랑스러웠던 미실댁은 무슨 일인지 가슴이 콩닥콩닥 뛰기 시작했다.

“아니, 금이 아부지가 봄에 ‘유달 백일장’에서 설희가 장원한 것을 알고 있더랑게라.”

“그것이 「부용산」하고 뭔 상관이다냐?”

“그랑께, 장원한 설희 시가 불순한 시여서 경찰에서 조사를 할라고 했는디, 이미 세상 떠났다는 말을 듣고 그냥 없던 일로 했다고 하믄서, 그런 불순분자랑 얽힌 노래는 부르지.”

“뭣이라고? 부, 불순분자!”

난생처음 듣는 미실댁의 거친 목소리였다.

“아이고 깜짝이야. 긍게 언니 맘 상할깜시 말 안 하다고 항께.”

“니는 설희가 어떤 앤 줄 알믄서 시방 그런 말을 전하는 것이여! 참말로 니 속없는 줄은 알았어도…….”

미실댁은 뭔가 더 말하려다 그만두었다.

미실댁의 격한 반응에 숙자 이모는 당황하는 눈빛이 역력했다. 하지만 정희는 불같이 화를 내는 엄마를 말리고 싶지 않았다. 정희도 숙자 이모의 말이 섭섭함을 넘어 분노가 일었다.

"금이 아부지한테 들은 말, 시방 이 자리 이후로 입 밖에 꺼낼 생각 하지도 말어라. 불쌍한 애 하늘나라에서라도 편히 쉬라고!"

"언니, 근디 참말로 섭섭하요. 어딜 가서 그런 얘기를 하겠소? 설희 땜시 나도 맘 아퍼라. 내가 딴 데 가서 그런 얘기 하믄 사람 새끼가 아니지라. 언니가 알고 있어야 할 것 같응께 한 얘기제, 내 속도 언니 속이랑 마찬가지여라."

숙자 이모는 입이 방정이라며 손바닥으로 입을 때리면서 자리를 털고 일어났다. 미실댁은 미실댁대로 분이 삭히지 않는지 항아리에서 찬물을 떠서 벌컥벌컥 들이켰다.

정희는 세상이 원망스러웠다. 죽음은 죽음이란 이유만으로 슬퍼하는 줄 알았다. 이 세상에 없는 사람까지 끌어와 불순분자라는 이름을 씌우는 어른들의 싸움에 정이 뚝 떨어졌다. 도대체 불순분자가 무엇인지, 무엇이 불순하다고 하는 것인지 묻고 싶었다. 가족같이 여겼던 숙자 이모에게 들은 말이라 섭섭함이 더했다. 사실 최동팔은 공산주의에 물든 미실댁을 멀리하라라며 아내를 계속 윽박지르고 있었다. 숙자 이모는 사람이 은혜를 모르면 짐승만도 못하다고 큰소리를 쳤지만 갈수록 남편 눈치가 보였다.

자기 속도 아프다는 숙자의 마음은 알지만 야박한 세상인심에 미실댁은 사는 것이 자신 없어졌다. 미실댁은 밤새 뒤척거리며 쉽게 잠을 이루지 못했다. 정희는 정희대로 혹시나 이 일로 학교에 불똥이 튈까 걱정이 되었다. 학교에 가면 곧바로 박기동 선생님부터 찾아가야겠다고 마음먹었다. 불순분자의 꼬리표는 뗄 수는 없는 것인지, 어디서 그런 말들을 만들어 내는 것인지, 정희는 세상이 두려웠다가 오기가 생기기도 했다.

서둘러 학교 갈 준비를 마친 정희는 무슨 일이 있어도 나서지 말고 곧장 집으로 돌아오라는 엄마의 말을 수백 번 듣고서야 집을 나설 수 있었다. 마을 어귀를 빠져나가던 정희는 해순이와 마주쳤다. 단짝이었던 해순이를 보자, 반가운 마음보다 야속함이 앞섰다.

해방이 되고 해순이 아버지가 사라졌을 때, 미실댁은 없는 살림이지만 해순이 집의 곡식을 꼭 챙겼다. 홀아비 사정은 홀아비가 안다고, 아버지 없이 살림을 꾸린다는 것이 어떤 것인지 알았기 때문이다. 없는 서러움 중에 못 먹는 서러움이 제일 크다며 미실댁은 기꺼이 식량을 내주었다. 좋아할 해순이 생각에 정희는 심부름이 가는 길이 즐겁기만 했다. 그러나 해순이 아버지가 돌아온 후, 상황은 달라졌다. 어렸을 적 발길을 뚝 끊은 동수 생각이 났다. 철이 든 정희는 해순이를 가로막으며 왜 나를 피하느냐고 묻지 않았다. 아버지 때문에 내성이 생겼을 법도 하지만 믿었던 친구에게 똑같은 일을 겪으면서 정희는 한동안 아린 마음을 추스르느라 힘든 시간을 보냈다.

해순이가 정희를 불러 세웠다. 정희는 가끔 해순이와 만나는 순간을 상상하곤 했다. 해순이가 미안하다고 싹싹 빌어도 눈 하나 깜짝 안 할 거라고 다짐했지만, 생각과 달리 발걸음이 멈춰졌다.

"내 원망 많이 했지야? 문예반 나올 때 인사도 못 허고……."

"……."

정희는 딱히 할 말이 없어 해순이 말을 듣고만 있었다.

"우리 아부지 일 미안하다. 내가 입이 열 개라도 할 말이 없는디 꼭 전해 줄 말이 있어서 기다리고 있었구만."

"……."

정희는 묵묵부답으로 그동안의 섭섭함을 드러냈다.

"어젯밤에 우리 아부지가 한 말이 맘에 걸려서."

그래도 반응이 없자, 해순이는 정희 눈치를 살피며 말을 이어갔다.

"설희 언니 시가… 불순분자 시라고… 학교에 조사 나올 수도 있다고 해싸서. 니가 그것 땜시 또 고초 당할까 봐… 그 말 할라고 여기서 기다리고 있었구만."

정희는 아무 말 없이 해순이를 바라보았다. 정확히 말하자면 사납게 째려보았다. 불쌍한 언니에게 왜 자꾸 불순분자라고 하는지 당장이라도 해순이 아버지한테 가서 따지고 싶었다. 그래도 대꾸가 없자, 해순이는 어쩔 줄 몰라 했다.

"시가 뭔지도 모르는 무식한 것들이! 참말로 어이가 없네!"

해순이의 낯빛이 어두워졌다. 해순이 잘못이 아니라는 것은 알지만 그동안 쌓였던 서러움이 폭발했다.

"그리고… 「부용산」이 설희 언니 땜시 만들어졌냐고 물어싸서 나는 그런 노래 잘 모른다고 했는디, 실은… 그것도 걸려서 왔구만."

"참말로, 보자보자한께, 이것들이 우리를 보자기로 아는갑네."

노래까지 걸고넘어지는 것을 보니, 어제 숙자 이모가 했던 말이 모두 사실일 거라는 생각이 들었다.

"내가 입이 열 개라도 할 말은 없는디, 참말로 나는 그런 마음 눈꼽만치도 없응께… 그리고 설희 언니 일 위로도 못 해 주고… 날마다 죄인이었구만."

정희는 쩔쩔매는 해순이가 어떤 마음으로 왔는지 느껴졌다. 눈빛만 봐도, 목소리만 들어도 마음을 알 수 있는 친구였다. 그러나 그 마음을 외면하고 싶었다.

"그라고… 김 선상님은 곧 풀려난다는 야그도 했는디. 귀동냥으로 들은 것이라 정확하지는 않구만."

"……."

너희 아버지는 왜 그렇게 사냐고 묻고 싶은 것을 꾹 참았다. 그 말을 참느라 정희의 얼굴이 붉으락푸르락해졌다. 무엇을 위해, 누구를 위해 각본을 쓰고, 사람들을 잡아갔다, 풀어 줬다 하는지 답답하기만 했다.

"말 전했응게 인자 갈란다. 몸 잘 챙겨라잉."

그래도 대꾸가 없자, 해순이는 그 말을 남기고 잰걸음으로 사라졌다.

해순이가 사라지고 나자, 이제 해순이와는 속 얘기를 나눌 수 없는 사이가 된 것 같아 서럽기도 하고, 너무 사납게 군 것은 아닌지, 수만 가지 감정이 교차했다. 이름처럼 순하고 착한 해순이가 무서운 아버지 밑에서 이 말을 전해 주려고 얼마나 마음을 졸였을까? 정희는 눈물이 핑 돌았다. 예전처럼 지낼 수 없다는 생각에 옛 친구 해순이가 사무치게 그리웠다. 정희는 쏟아지는 눈물을 닦으며 멀어져가는 해순이가 보이지 않을 때까지 한참을 서 있었다. 숙자 이모와 해순이 이야기를 조합해 보면 무슨 일인가 벌어지고 있는 것이 분명했다. 정희는 학교로 발길을 재촉했다.

기분 탓인지 학교에 부는 바람이 더 차갑게 느껴졌다. 정희는 곧바로 교무실로 향했다. 박기동과 안성현 선생님은 인기척도 느끼지 못하고 심각한 표정으로 이야기를 나누고 있었다.

"여수 14연대가 반란을 일으킨 것하고, 자네가 좌익사상을 옹호한 것하고 무슨 상관이란 말인가?"

"몰라서 묻나? 14연대가 제주도 진압을 거부한 자체가 공산당 괴뢰정권의 음모라고 하지 않나? 여수에서 군용 팬티를 입거나, 머리만 짧게 깎아도 공산당과 내통한 자라고 즉결 처형했다고 하니 할 말이 없네. 여수, 순천, 광양에 계엄령이 내려졌고, 그 일대는 물론 벌교, 구례, 광주까지 안전하지 못할걸세."

"즉결처형에 계엄령이라니! 이게 무슨 난리인지⋯⋯."

"제주도 사람들도 왜놈들한테 식량 뺏기고 굶기를 밥 먹듯이 하다가 나라를 되찾으니 이제나 먹고 사나 했을 텐데, 단일 선거한다면서 민생은 뒷전이니 묵혀 왔던 감정이 폭발한 거겠지. 더 어이없는 것은 이승만 정부가 제주도의 선량한 사람들과 공산주의자들이 결탁해서 일어난 반국가적 반란으로 치부하고 닥치는 대로 잡아서 죽였다는 것이네. 제주도 사람 중 열의 하나는 목숨을 잃었다는 소문도 나돌던데, 지금 이대로라면 목포도 안전지대가 아니네, 아니 전국이 안전하지 못하네."

"목포는 전국에서 최초로 노동쟁의에서 승리한 지역 아닌가! 뭉치면 무섭다는 것을 경찰들도 맛본 적이 있으니 함부로 하지는 못할걸세."

"그때는 식민지였고, 지금은 계엄령이 선포된 때라 정권 유지를 위해서라면 뭐든 할 놈들이니 사상범은 무조건 없앨 것이네."

"⋯ 좌우를 나눠 순박한 사람들을 원수로 만들더니 점입가경이구만. 자네 말대로 우선 몸을 피하는 것이 좋겠네."

한숨을 내쉬던 박기동 선생님은 정희를 발견했다.

"말씀 나누는 중이시라……."

"그래 정희야, 무슨 일이니?"

선생님들은 괜찮다며 정희를 안심시켰다.

"아침에 해순이를 만났는디, 설희 언니가……."

정희는 선생님들에게 걱정을 더 얹어 주는 것 같아 입이 잘 떨어지지 않았다.

"설희! 설희를 왜?"

정희는 숙자 이모와 해순이에게 들었던 이야기를 그대로 전했다.

"불순분자?"

박기동 선생님은 어이가 없는지 허탈하게 웃었다.

"무슨 일만 있으면 엮을 태세구만. 정희도 조심해야겠다."

안성현 선생님의 목소리에 긴장감이 역력했다.

사랑하는 제자를 잃고 만든 노래에 시대의 굴레가 더해지고 있었다. 세 사람은 말하지 않아도 큰 폭풍우가 몰아쳐 오는 것을 온몸으로 느꼈다.

3장
불순분자

"아니 뭔일이다요? 우리 양반은 남로당 빨갱이를 잡은 군인이랑게라. 나라에서 포상도 받았는디 어째 잡아간다고 이 난릴까, 참말로 미치고 환장하겠네."

숙자 이모는 맨발로 마당까지 나와서 경찰들 앞을 가로막았다. 그러나 경찰들의 위세에 더 다가가지 못했다. 오히려 경찰들에게 잡혀 있는 최동팔이 더 기세등등했다.

"무슨 일인지나 알아야 할 것 아니오!"

최동팔의 당당함에 경찰들의 태도도 조금 수그러들었다.

"여수 14연대가 반란을 일으켜서 이 지역 군인들을 모두 잡아들이라는 명령이오."

"아따, 나 잡아가믄 욕이나 먹을 것인디, 나가 그 유명한 최동팔이여라! 번지수 잘못 찾았당께."

최동팔은 금방 풀려날 것이라고 큰소리치며 끌려갔다. 숙자 이모는 나라에 공을 세운 군인도 못 알아본다고 소리를 지르며 울부짖었다. 갑자기 일어난 소란에 좋은 구경거리라도 생긴 듯 동네 사람들은 집 앞을 서성거리며 수군거렸다. 콧대가 올라갔던 숙자 이모가 못마땅했던 마을 아낙네들은 인간사 흥망성쇠가 하루아침이라며 한마디 했다. 그때 어디선가 콩 볶는 듯한 총성이 들렸다.

"워메, 총소리 아니여?"

다들 놀라서 총성이 들리는 곳으로 시선을 돌렸다.

"반항하는 새끼들은 죽여도 된다! 이 남로당 새끼들, 군인들 틈에 쥐새끼처럼 숨어서. 다 잡아내!"

"계엄령 내려졌으니 반항하는 새끼들 모조리 죽여도 된다!"

경찰들의 살벌한 대화와 총소리에 놀란 마을 사람들은 순식간에 흩어졌다. 정희는 콩닥콩닥 뛰는 가슴을 진정시키며 집으로 뛰어갔다. 상황을 전해 들은 미실댁의 낯빛이 하얗게 변했다.

"지난번 숙자 말이 빈말은 아닌갑다. 아야, 밖에 나가지 말고 좀 잠잠해지믄 가서 물어봐야쓰겠다."

"엄마, 내가 이모네 후딱 갔다올게라."

"아니다. 오늘 동네에서 들은 말도 있고 나다닐 때가 아니다. 총까지 쐈으믄 보통 일이 아닝께."

미실댁은 그 어느 때보다 불안해 보였다. 그녀는 갑자기 문갑 안에서 빨간 보자기를 꺼내더니 정희 앞에 펼쳐 놓았다. 남편에게 받았던 편지와 쌍가락지였다. 정희는 애써 외면하며 엄마 앞으로 보자기를 밀었다. 미실댁은 큰일이 있을 때마다 빨간 보자기부터 챙겼다. 이별을 통보하는 것 같아 정희는 서러우면서도 두려웠다.

"여수에서 군대가 반란을 일으켰으믄 보나 마나 북쪽하고 연관된 사람들 잡아드릴 것이 뻔한께."

"엄마! 우리나라 선거도 하고 법도 생겼응께, 인자 그렇게 함부로 못 잡어가."

"그라믄 좋겠다만은… 정희야, 아부지 아직 죽었다는 연락은 못 받았응께, 혹시나 연락 오믄 놀라지 말고, 이 쌍가락지는 무슨 일 생기믄 요긴하게 쓸 때가 있을 것잉게 챙겨 둬."

엄마마저 사라진다면, 정희는 상상하기도 싫었다. 정희는 태연한 척 다시 엄마 앞으로 물건을 밀었다.

"아야, 만약을 대비해서 그러는 것이여. 그리고… 정희야, 아부지 원망 안하제? 의롭고 용감한 분이셨던 거 알지야? 다 잘 사는 세상 맨들라고 하신 일잉게, 원망하지 말고 동네 사람들 탓할 것도 없고. 그리고 또… 그랑게… 엄마가 미안하다."

'엄마가 뭣이 미안해.'라는 말은 마음속으로 뱉었다. 정희는 울음을 참느라 말을 할 수가 없었다.

미실댁은 정희 손을 꼭 잡았다. 따뜻한 엄마의 손길에 서러움이 밀려왔다. 미실댁은 무슨 일이 생기면 숙자 이모 대신 김선숙 선생님을 찾아가라고 했다. 의아해하는 정희에게 동팔이 아저씨도 걸리고, 선생님은 우리 집이랑 사정이 비슷하니 도와줄 거라고 말했다. 뒷일까지 챙기는 엄마의 말에 영영 이별하는 것 같아 정희는 참았던 울음보가 터졌다. 코끝이 매워지면서 뚝뚝 떨어지는 눈물을 감추려 정희는 입을 앙다물었다. 그러자 어깨가 들썩거렸다.

"어디, 우리 정희 한번 안아 보자."

미실댁은 정희를 힘껏 안았다.

"아이고, 짠한 내 새끼…… 항시 엄마가 옆에 있응께, 겁내지 말고. 없어도 있는 것이다."

정희는 엄마의 걱정을 덜어내고자 고개를 끄덕거렸다.

"그래그래, 속 깊은 우리 딸…… 참말로 인자 다 컸네."

밤이 깊어지면서 바깥세상은 더 고요해졌다. 미실댁과 정희는 잔뜩 예민해져서 밖에서 나는 소리에 신경을 곤두세우고 있었다. 새 소리와 들짐승들의 애처로운 울부짖음에 설핏 잠이 들었다 깨어나곤 했다.

"당장 끌어내!"

큰 외침과 함께 '쿵' 하고 담을 넘는 소리가 들려왔다.

"문 열어!"

문을 열기도 전에 방문을 거칠게 발로 차는 소리가 들렸다. 미실댁은 본능적으로 문고리부터 잡았다. 정희는 경찰임을 직감했다. 공포감에 심장이 터질 것만 같았다.

"문 열어라!"

"뉘신디라? 이 야밤에."

"빨갱이 김수환 집 맞지?"

문고리를 꽉 잡은 미실댁의 손이 심하게 떨렸다. 정희는 떨리는 엄마 손 위에 자신의 손을 포갰다.

"연락 안 된지 한참 됐는디라."

그때 방문이 부서지면서 서너 명의 경찰이 구둣발로 쳐들어왔다. 들어오자마자 엄마의 머리채부터 잡았다. 양두철 경감이었다.

"또 보네. 학생."

"이거 놓고 말하셔라! 우리 엄마 죄 없당께라!"

"죄는 많지. 제주도, 여수, 순천, 벌교까지 반란군들이 난동 일으킨 거 알고 있지? 이놈의 불순분자들 씨를 말려야 해!"

"처, 처음 듣는데라."

"경찰서로 데려가!"

경찰은 옷도 제대로 입지 않은 미실댁의 머리채를 끌고 마루로 나갔다.

"엄마, 엄마! 우리 엄마 놓고 말하랑게라. 엄마!"

엄마의 팔을 잡고 매달려 있는 정희의 가슴팍을 누군가 사정없이 발로 내리쳤다. 그래도 팔을 놓지 않자 정희 손을 구둣발로 지근지근 밟았다.

"그만 놔라잉. 그래야 서로 안 다치게."

해순이 아버지였다.

"아저씨, 아니 김순경님! 저 해순이 친구 정흰거 아시지라? 우리 엄마 죄 없는 거 아시지라? 김순경님, 제가 이렇게 빌게라. 우리 엄마가 해순이 얼마나 이뻐한지 아시지라?"

정희는 지푸라기라도 잡는 심정으로 이 말 저 말 해댔다.

"말 많은 것 본께 참말로 빨갱이 자슥 맞구만. 좋은 말 할 때 놔라. 손목 아지 확 뽀사지기 전에!"

미실댁은 머리채를 잡힌 채 신발도 제대로 신지 못하고 마당으로 끌려 갔다. 정희는 신발이라도 신게 해 달라고 애원했다. 양두철 경감은 사납 게 정희의 눈을 응시하더니 턱짓으로 끄덕거렸다. 독사가 온몸을 감싸는 것 같은 눈빛에 정희는 몸이 부르르 떨렸다.

엄마의 발이 너무 작아 마음이 쿵 내려앉았다. 이렇게 작은 발로 그 모진 고통을 다 이겨냈다니……. 온기라도 전하고 싶은 마음에 정희는 신발을 신은 엄마의 발을 두 손으로 꼭 감쌌다. 경찰은 엄마를 낚아채듯 사납게 끌고 갔다. 미실댁은 그 와중에 정희에게 들어가라며 손짓을 했다. 큰 소동이 벌어졌는데도 총소리가 난 후로, 거리에는 사람 한 명 보이지 않았다.

정희는 엄마가 시야에서 사라지자, 세차게 머리를 흔들었다. '정신차리자, 김정희!' 주문을 걸듯 혼잣말을 했다. 정희는 숙자 이모 집으로 갈지, 동수 집으로 갈지 고민했다. 지금 동팔이 아저씨는 잡혀간 상태고, 경찰들이 엄마를 잡아갔으니 동수 집으로 가는 것이 맞을 것 같았다.

"아저씨, 아저씨! 동수야, 동수야!"

정적을 깨우는 소리에 동수 엄마는 인상을 잔뜩 쓰고 나왔다.

"아줌마! 우리 엄마가, 긍게 경찰들이 갑자기 우리 엄마를 잡아가서 아저씨 계시믄 물어볼 것이 있어서라."

눈물범벅인 정희에게 동수 엄마는 야박하게 쏘아붙였다.

"오메, 가시내가! 이 야밤에 당돌하기도 하제. 비상사태라고 시방 집에도 못 들어온 지 한참 됐응게, 소란 떨지 말고 얼른 가라잉."

"그람 경찰서에 가서 아저씨한테 한번만 물어보믄 안 될까라?"

정희는 아줌마 앞으로 가서 무릎을 꿇고 두 손으로 싹싹 빌었다. 누가 가르쳐 주지 않았는데도 자동 무릎이 꿇어졌다. 엄마를 구할 수 있다면 인당수에 몸이라도 던지고 싶었다.

"니 엄매가 죄가 없으면 풀려날 것잉게, 호들갑 떨지 말고 집에 가라잉."

얼굴도 안 보이는 동수를 깰 요량으로 더 큰 소리로 아저씨에게 한번 물어봐 달라고 애원했다. 그때 자다 깬 동수가 놀란 눈으로 문을 열고 나왔다. 정희는 동수 앞으로 쏜살같이 달려갔다.

"동수야, 우리 엄마가 잡혀갔당께. 아저씨한테 물어봐야 쓰겄는디, 같이 가 주믄 안 되끄나?"

정희는 동수 엄마가 말릴 틈도 없이 속사포처럼 쏟아냈다.

"아니, 이놈의 가시내가 듣자 듣자 항께, 이 야밤에 남정네들이 일하는 데를 어찌케 가! 아저씨 오믄 물어볼 것잉께, 느그 집으로 가라잉!"

"엄마!"

동수의 거친 외침에도 아랑곳하지 않고, 동수 엄마는 동수가 신으려는 신발을 마당 쪽으로 사납게 집어 던졌다.

"이놈의 남정네들이! 아부지고, 아들이고 옆집 일이라믄 뭐 땜시 이렇게 발 벗고 나서서 지랄인가 몰라. 우리는 할만큼 했웅께, 전생에 뭔 원수를 져서 이렇게 난리만 나믄 우리 집으로 쪼르르 오는가 모르겄당께. 참말로 굿이라도 해야제!"

"정희야, 시방 옷 입고 나올게."

듣는 체도 안 하는 동수에게 부아가 난 동수 엄마는 동네가 떠나가라 소리를 질렀다.

"이 속창아리 없는 놈아, 이 야밤에 아버지한테 가믄 쓰겄냐! 그라고 아버지가 나감시롱 비상사탠게 돌아올 때까지 집에 조용히 있으라고 했냐, 안 했냐? 여시같은 가시내들이 옆집서 살믄서 참말로 별짓을 다 한당께! 누가 이런 내 속을 알었어."

아버지 말이 걸렸던지 동수는 멈칫거렸다.

"정희야, 날 밝는 대로 가자. 새벽참에 데리러 갈 것잉게, 울지 말고."

정희는 동수 말에 땅바닥에 털썩 주저앉았다.

"우리 엄마, 불쌍한 우리 엄마 어쩌까……."

정희는 엄마를 구할 수 없다는 불안감에 어린애처럼 울기 시작했다.

"음마마, 물에서 구해 났더니 보따리 내놓으라고 한다더니, 가시내가 재수 없게 어쩨 남의 집에서 울고 난리다냐!"

"정희야, 날 밝는 대로 가 보자. 그라고 새벽에라도 아부지 오믄 집으로 바로 갈 것잉게, 걱정하지 말고."

"우리 엄마, 불쌍한 우리 엄마……."

"이놈의 가시내가 콱 그냥, 동수 말 안 들었냐? 새벽에라도 아자씨 들어오믄 간다고 하냐! 절이 싫으믄 중이 떠나야제. 잡혀갈 때마다 참말로 웬수도 이런 웬수가 없당게."

"엄마, 그만 좀 하랑께라!"

참다 참다 한마디 한 아들을 그녀는 기가 찬 표정으로 바라보았다. 동수 엄마는 순둥이 같은 아들이 사납게 변한 것이 모두 설희와 정희 때문이라고 굳게 믿는 듯했다. 정희는 하는 수 없이 아저씨가 오면 바로 와달라는 말을 남기고 집으로 향했다.

정희는 내심 동수 엄마에게 놀랐다. 엄마의 부재를 알고 더 표독스러워진 모습에 사람이란 어디까지 야비해질 수 있는지, 아니면 원래 악한 존재인지 혼란스러웠다.

동수 아빠의 학비를 김 한의원 댁에서 대준 것은 동네가 다 아는 사실이었다. 남부러울 것 없었던 김 한의원은 아들 때문에 경찰서를 수시로 들락거렸고, 그때마다 동수 아버지가 힘이 되어준 것도 사실이었다. 동수 엄마는 남편의 승진이 늦어진 것도 정희네 집 일 때문이라고 생각했고, 감정의 골은 깊어졌다. 김 한의원 댁 이야기만 나오면 동수 엄마는 할 만큼 다 했다며 펄쩍펄쩍 뛰었고, 남편이 미실댁에게 조그마한 친절만 보여도 행동이 사나워졌다.

정희는 곧바로 집으로 가지 못하고 숙자 이모 집으로 향했다. 얼마 전에 있었던 설희 언니 일이 마음에 걸렸지만, 지금 이런 것 저런 것 따질 때가 아니었다. 하지만 이모는 집에 없었다. 불을 켜 놓고 나간 것을 보니 금방 돌아올 것 같아 정희는 집 앞에서 기다리기로 마음먹었다. 남편 때문에 경찰서에 다녀오던 그녀는 집 앞을 서성이는 정희를 보고 깜짝 놀랐다. 미실댁의 이야기를 전해 듣고, 예삿일이 아니라는 생각에 숙자 이모도 두렵기는 마찬가지였다.

집에서 함께 기다리자고 했지만, 갑자기 아저씨가 돌아와도 난감하고, 혹시 엄마가 집으로 올수도 있다는 생각에 정희는 집으로 간다고 일어섰다. 숙자 이모는 정희가 대문을 잠그는 것까지 확인하고 집으로 돌아섰다. 절박한 상황에 맞닥뜨리자 세상을 떠난 어르신이 생각났다. 정희에게는 남편이 도와줄 거라고 큰소리쳤지만 매번 미실댁을 멀리하라고 했던 남편이 떠올라 마음이 편치 않았다.

다시 혼자가 된 정희는 작디작은 엄마 발이 생각나 자꾸 눈물이 났다. 정희는 울보가 된 듯했다. 방구석에 웅크린 채로 꼬박 날을 샌 정희는 동수가 부르는 소리에 벌떡 일어났다.

"아줌마는 어쩌고 왔냐?"

"시방 그것이 중허냐, 언능 가 보자."

거리 곳곳에 경찰이 보였다. 정희는 제복을 입은 사람만 봐도 겁이 났다. 동수는 경찰서에는 혼자 들어가는 것이 좋겠다며 정희에게 밖에서 기다리라고 했다. 혹시나 정희가 엄마를 못 만나면 실망도 클 거라는 계산에서였다. 경찰서 안이 어떤 상황인지 알 수 없어서 선택한 결정이기도 했다. 초조한 마음을 가라앉히느라 정희는 떨리는 두 손을 맞잡은 채 경찰서 앞에서 동수를 기다렸다.

"아야, 니 시방 여기 뭐하러 왔냐?"

누군가 말을 걸어왔다. 해순이 아버지였다. 정희는 반가운 사람이라도 만난 듯 해순이 아버지에게 다가갔다.

"아저씨, 우리 엄마 안에 있지라?"

"시방 여가 없응께, 얼른 집에 가라잉."

"아저씨, 부탁할게라. 우리 엄마 죄 없는 거 잘 아시제라?"

"갑자기 뭔 소리다냐! 니 엄마가 어째 죄가 없다냐? 빨갱이들은 불순분자고, 불순분자 가족도 다 불순분자잉께 그것이 죄인 것이여. 지금이 그런 시대여, 알았냐? 지금은 양반이고 뭐시고 빨갱이 종자들은 다 죄인이여. 그라고 이번에 제주도 빨갱이들하고 여수 군인들하고 한통속이 돼서 반란 일으키고 죄 없는 지주랑 소작농들을 얼마나 많이 죽여븐줄 아냐? 경찰들만 빨갱이 죽인다고 생각하믄 오산이다잉. 빨갱이들이야말로 독종 중에서 독종이여! 그라고 니 아부지는 대놓고 목포 바닥에서 공산주의 찬양한 사람으로 유명한디 빼도 박도 못하제."

당시 빨갱이는 대역죄인이었다. 정희는 왜 우리 아빠가, 우리 엄마가, 불순분자인지 따지고 싶었다. 하지만 질문을 해도, 말이 많아도, 사실 말이 없어도 한번 찍힌 낙인은 사라지지 않았다. 해순이 아버지의 말에 정희는 힘이 쭉 빠졌다. 더 힘 빠지는 것은 동수가 아무런 성과도 없이 돌아왔다는 것이다. 동수는 동수대로 아버지도 만날 수 없어서 애가 탔다. 만나는 사람마다 무조건 집에서 기다리라는 말에 정희는 이러다 영영 엄마를 만나지 못할까 봐 두려웠다. 마을에 접어들자, 엄마가 집에 없다는 것을 실감한 정희는 서럽게 울기 시작했다. 우는 정희를 보는 동수의 맘도 찢어질 듯 아팠다. 고작 내일도 경찰서에 가 보자는 말밖에 하지 못하는 자신이 한탄스러웠다. 경찰서에 가서 엄마를 데려올 수 있다는 희망으로 버텼던 정희는 넋이 나간 듯했다.

숙자 이모 집으로 가 보자는 동수의 말을 정희는 말없이 따랐다. 엄마를 빼줄 거라고 큰소리쳤던 숙자 이모는 코가 쭉 빠져 있었다. 동팔이 아저씨는 풀려나자마자 곧바로 군대로 복귀했다는 말에 정희는 엄마가 쉽게 나오지 못할 거라는 예감이 들었다. 초조해하는 정희를 바라보는 두 사람도 불안하기는 마찬가지였다. 사실 숙자 이모는 남편에게 미실댁의 상황 좀 알아봐 달라고 통사정을 했다. 하지만 최동팔은 이번 일은 그렇게 쉽게 풀려 날 일이 아니라고 딱 잘라 말했다. 매정한 남편에게 화도 내봤지만 소용없었다. 정희에게 사실대로 말할 수도 없고, 숙자 이모는 남편이 들어오면 바짓가랑이라도 잡고 매달려봐야겠다고 생각했다.

다음 날, 불순분자를 처단한다는 소문이 나돌았다. 그 말을 들은 정희는 숨을 쉬는 것조차 힘들었다. 사색이 된 정희를 보면서 동수는 아줌마를 하루빨리 구해야겠다고 마음먹었다.

"정희야, 동팔이 아자씨도 풀려났응께, 경찰서로 다시 가보자."

"얼굴이라도 보여 주믄 좋겠는디, 아니믄 어디 있는지나 알려주든지, 어째 집에 가라고만 하고 암 것도 안 알려줄끄나?"

정희 말대로 얼굴을 안 보여 주는 것이 동수도 마음에 걸리던 참이었다. 아버지라도 집에 들어오면 이것저것 물어볼 텐데 엄마의 고성은 갈수록 심해지고, 동수에게도 힘든 시간이었다. 어떻게 해서든지 아버지를 만나려고 했지만, 오늘도 허탕이었다.

다음 날, 동수는 집에서 나오지 못했다. 어젯밤 동수가 정희 집에 있는 것을 보고 한바탕 소동을 일어났다. 동수가 못 나올 거라고 짐작했던 정희는 급한 마음에 혼자 경찰서로 향했다. 경찰서 앞에서 한참을 서성거리다 드디어 동수 아빠를 만났다.

"아저씨, 아저씨!"

정희가 부르는 소리에 장현호는 입에 물고 있던 담배를 발로 비벼서 껐다. 당황한 표정이 역력했다.

"아저씨, 우리 엄마 여기 있지라? 우리 엄마 만날 수 있지라?"

당연히 엄마 얼굴을 볼 수 있다고 생각하는 정희를 보자 마음이 무거웠다. 장현호는 친구의 부재를 대신해 정희네 가족을 변론하느라 애를 쓰고 있었다. 사실 갈수록 말이 통하지 않는 아내의 눈치를 보며, 정희 엄마를 풀어 줄 방법을 찾느라 며칠째 집에 들어가지도 못했다. 그러나 여수 14연대 사건이 빨갱이들과 엮이면서 사상범과 연관된 사람들은 가차 없이 처벌받는 상황이었다.

"정희야, 얼굴이라도 보게 해 줄라고 아저씨가 애쓰고 있는디, 시국이 시국인지라……."

"……."

믿고 있던 아저씨의 절망적인 말에 엄마의 마지막 모습이 스쳐 지나갔다.

"정희야, 여기 있으면 위험항께 집에서 기다려라. 울지 말고……."

"어째, 다들 집에만 있으라고 한다요? 엄마 데꼬 집에 갈란디."

무슨 말을 해서 정희를 돌려보낼지 장현호는 난감했다.

여순사건으로 계엄령이 내려진 후, 여러 가지 변화가 생겼다. 통행금지를 시작으로, 가족 명단을 제출해서 가족 수에 따라 쌀 배급을 받았다. 경찰과 서북청년단은 불시에 집안까지 들이닥쳐서 검문하고, 명단에 없는 사람들은 가차 없이 연행해 갔다.

"아저씨, 군인들이 난리 일으킨 거 하고 우리 엄마하고 뭔 상관이다고 그런다요? 우리 엄마는 힘도 없고, 군인들 근처에도 안 갔응께, 시방 내가 데꼬 가믄 안될까라?"

"… 엄마는 죄가 없는디… 이 세상에 태어난 게 죄구나… 아저씨가 미안하다. 너까징 위험하믄 안 됭께, 돌아다니지 말고 집에 가서 기다려라."

엄마는 도대체 어디에 있는 것일까? 정희는 엄마를 내놓으라고 절규라도 하고 싶었다.

"… 아저씨가 애써볼 것잉께, 집에서 기다려라잉. 그라고 밤에 무서우믄 우리 집에 가 있고, 아저씨가 아줌마한테 말해 놓을 것잉께."

정희는 고개만 끄덕거렸다. 엄마가 잡혀간 후 완전히 돌변한 아줌마 이야기는 꺼내고 싶지도 않았다. 정희는 엄마를 꼭 꺼내 달라고 몇 번이나 당부하고 나서 돌아섰다. 산처럼 크게 느껴졌던 동수 아빠도 엄마를 꺼내줄 수 없다면, 엄마는 나올 수 있을까? 정희는 밀려드는 절망감에 아무것도 보이지 않았다. 집에 돌아오는 길에 설희 언니와 엄마 생각이 더 간절했다. 언니랑 웃고 떠들던 때가 까마득한 옛날 같았다.

경찰서에서 돌아오니 뜻밖에도 난영이와 박기동 선생님이 마루에 앉아 있었다. 자상하고 온화한 박기동 선생님을 보자 정희는 반가움에 눈이 휘둥그레졌다. 며칠 전 자고 일어나자, 집 대문에 빨간 페인트로 동그라미가 그려져 있었다. 그것은 일종의 낙인이었다. 대문에 동그라미가 그려진 이후로 마을 사람들은 정희를 슬슬 피하기 시작했다. 불순분자 집에는 빨간 동그라미가 그려졌고, 그런 집에는 곡식 배급양도 적었다. 곡식 배급은 둘째 치고, 세상에 혼자만 남은 것 같아 정희는 자꾸 겁이 났다. 숙자 이모도 남편 눈치를 보느라 전처럼 편히 집에 드나들지 못했다. 게다가 어젯밤에는 동수가 집에 온 것을 알고 동수 엄마가 몽둥이까지 들고 뒤따라와 한바탕 소동이 벌어졌던 것이다.

"이 썩을 놈아, 내가 이 집에 가믄 다리몽댕이 분지른다고 했냐, 안 했냐? 푸닥거리라도 한번 해야제, 틈만 나면 재수 없는 집을 들락거림시롱 속을 뒤집어 놓고, 아부지랑 광주로 전학시키기로 했응께. 니 맘대로 혀 봐라!"

맘껏 퍼부어대는 동수 엄마의 말들이 비수가 되어 정희의 가슴에 꽂혔다. 막무가내인 엄마의 행동에 당황한 동수는 엄마의 등을 떠밀며 정희 집을 빠져나갔다. 돌변한 어른들의 태도에 정희는 매번 세상을 다시 배우는 중이었다.

"정희야, 어디 갔다 인자 오냐?"

그런 와중에 털털한 난영이의 목소리를 듣자, 정희는 오랜만에 든든한 동지를 만난 것 같았다. '정희야'라고 정답게 불러주는 난영이의 목소리에 서러워진 정희는 두 손으로 얼굴을 감쌌다. 정희는 요즘 툭하면 눈물이 났다. 난영이는 다 안다는 듯 정희를 안아 주었다.

박기동 선생님은 어렵게 이야기를 꺼냈다. 경찰이 빨갱이를 공개 처형한다는 소문이 다시 돌고 있다는 것이었다. 잠잠해지는가 싶더니 공개처형 이야기가 또 흘러나왔다. 사상범으로 몰렸던 김선숙 선생님도 풀려났으니 희망을 품자고 했지만, 정희는 공개처형이란 단어만 귀에 빙빙 맴돌았다.

"정희야, 엄마를 빼낼 수 있는 일은 다 해 보자."

박기동 선생님은 설희를 잃은 상처가 아물기도 전에 엄마 때문에 고생하는 정희를 어떻게든 돕고 싶었다.

"근디 경찰서 가도 얼굴도 안 보여 준단께라……."

"분명 도와줄 사람이 있을 것이여. 참, 동수 아부지는 만나봤냐?"

침울한 분위기를 깨며 난영이가 물었다.

"어째 그란지 모르겠지만, 아저씨도 집에서 기다리라고만 한당께."

"지금 비상시국이라 정희까지 위험해질까 봐 그럴 거야. 교실로 들이닥쳐서 학생들까지 막무가내로 잡아가는 판이니."

학교도 안전한 곳이 아니라는 선생님의 말은 더 절망적이었다. 안성현 선생님은 미리 몸을 피했지만, 지명수배 중이라고 했다. 참 이상한 일이었다. 평소 학생들에게 존경받는 선생님은 죄다 사상범으로 몰리고 있으니, 무엇이 문제인지 이런 상황이 답답했다. 죄가 있다면 죗값을 치르고 당당하게 살고 싶었지만, 사상범이라는 굴레는 평생 족쇄가 되어 따라다녔다.

3년 전 환희에 차서 '대한 독립 만세'를 부르던 그 날이 떠올랐다. 나라를 찾으면 모든 것이 안정될 것이라는 예상과 달리 혼란의 연속이었다. 박기동 선생님은 단독정부가 안정될 때까지 이런 일들이 계속될 것이라고 했다.

박기동 선생님은 도움받을 수 있는 사람이 또 있는지 물었다. 숙자 이모 이야기를 하면서 남로당원을 잡은 군인이 남편이라고 하자, 박기동 선생님은 잠시 머뭇거렸다. 하지만 엄마를 위해 할 수 있는 것은 다 해 보기로 했다. 먹을 것을 들고 정희 집을 드나들 때마다 숙자 이모는 갈수록 더 초조해하는 모습이었다. 혹시나 이모 집에서 아저씨와 마주칠까 걱정했는데, 다행히 댓돌에 군화가 보이지 않았다.

"이모, 숙자 이모!"

빼꼼히 고개를 내밀던 숙자 이모는 정희와 일행을 보고 놀란 눈으로 문을 열고 나왔다.

"오메, 정희야, 밥은 먹었냐? 내가 자주 가야쓴디 밤낮없이 아저씨가 들락날락해서. 근디 이분들은 누구시다냐?"

"지가 학교에 못 나간께 걱정이 되야서 선생님하고 친구가 왔어라."

"시상에, 고맙기도 하제. 귀한 선상님이 집에까징 오셨는디, 뭣을 대접해야 쓰끄나?"

숙자 이모는 난영이에게 어린 것이 자기보다 낫다며 칭찬을 해댔다. 숙자 이모는 맘껏 도와주지 못하고 있는 상황을 고백성사라도 하듯 주저리 주저리 두 사람에게 설명했다. 박기동 선생님은 엄마 대신 돌봐 주고 있다고 들었다며 인사말을 건넸다. 선생님의 말에 숙자 이모는 쥐구멍에라도 들어가고 싶다며 부끄러워했다.

"이모, 그란디… 아저씨 뭔 말 없지라?"

"맨날 비상사태라고만 항께. 엊지녁에도 싹싹 빌믄서 언니가 안 도와줬으믄 나는 시방 이 세상 사람이 아니라고 지발 목숨만 살려 달려고 했는디… 이 징한 놈이 대답을 안 한께. 참말로 웬수도 이런 웬수가 따로 없당께."

"사상범들은 공개 처형한다는 소문이 돌아서요. 혹시 그런 얘기는 안 하셨나요?"

박기동 선생님의 물음에 숙자 이모 얼굴이 사색이 되었다.

"참말로라? 아이고, 말만 들어도 가심 떨려서. 그런 야기는 금시초문인디라. 지가 요즘 통 밖에도 안 나간께……."

당황해하는 숙자 이모에게 박기동 선생님은 새로운 소식 듣게 되면 알려달라고 부탁을 하고 자리에서 일어났다. 정희는 숙자 이모 이야기를 들으면서 아저씨에게 기대하는 것은 더 이상 부질없는 일이라고 생각했다. 사실 아저씨는 처음부터 엄마를 도와줄 마음이 없어 보였다.

난영이는 해순이에게 가 보자는 의견을 조심스럽게 내놓았다. 망설이던 박기동 선생님은 두 가지 이유로 반대했다. 해순이 아버지 성격에 절대 도와주지 않을 거라는 점, 그리고 무엇보다 학교에 프락치도 심어 놓은 마당에 해순이 집에 다녀간 것을 알게 되면 나중에 화근이 될 수도 있다는 것이었다.

할아버지가 계실 때 집에 드나들던 그 많던 사람은 모두 어디로 간 것인지, 도무지 도움받을 사람이 떠오르지 않았다. 이젠 기댈 곳도 없고, 하늘마저 원망스러웠다.

집까지 찾아와 준 난영이와 선생님이 사무치게 고마웠다. 어떻게든 그 마음을 전하고 싶었던 정희는 곡식 항아리에서 홍시를 꺼내 두 사람에게 건넸다. 한사코 마다하던 난영이는 엄마도 없는데 혼자 어떻게 먹겠냐는 정희의 말에 마지못해 홍시를 받아 들었다. 집에서 혼자 지낼 정희를 생각하니 난영이의 맘도 편치 않았다. 박기동 선생님은 학교에서 꼭 다시 보자는 말로 마음을 전했다. 두 사람의 위로가 큰 힘이 되었다. 정희는 금방 학교에 가겠다고 약속하며 두 사람을 배웅했다.

11월 1일 전남·북 전체에 계엄령이 선포되면서 상황은 더 악화되었다. 바람은 더 매서워졌고 사람이 없는 집안은 썰렁했다. 정희는 매일 경찰서와 집을 오가는 것 말고는 할 수 있는 일이 없었다.

"정희야, 정희야!"

숙자 이모의 급한 목소리에 정희는 벌떡 일어났다.

"이것이 뭔일이다냐! 정희야, 총살이 시작됐단다. 어쩌끄나, 이 일을 어쩌끄나. 나는 무서워서 못 가겄다. 동네 사람들도 시방 식구들 확인하러 간다고 난린디… 어째야쓰까."

정희는 올 것이 왔다는 생각이 들었다. 심장이 쿵쾅대기 시작했다. 잠든 금이까지 업고 나선 걸 보면 숙자 이모는 이미 갈 채비를 하고 온 듯 했다.

"이모, 아저씨는 안 들어왔지라?"

"이 징한 놈, 내가 참말로 버러지만도 못한 놈을 지아비로 모시고 사니. 아이고 불쌍한 우리 언니… 참말로 내가 나쁜 년이제… 아이고, 아이고… 미안하다는 말도 못 허고… 흐흐흐."

숙자 이모는 우느라 말도 잘 잇지 못했다. 정희는 '총살이 시작됐다.'라는 말을 들을 때부터 양두철 경감이 떠올랐다. 기침을 해 대던 설희 언니를 잡아먹을 듯 바라보던 눈빛, 엄마 신발을 신겨줄 때 마음속까지 꿰뚫어 보는 듯한 눈빛, 엄마에게 무슨 짓을 했을지 생각하자, 손과 발에 힘이 빠져 신발이 자꾸 벗겨 나갔다.

"야가 왜 그런다냐? 저, 정희야, 정신 똑바로 차려라잉. 아이고… 아이고."

숙자 이모는 울먹이며 신발을 신겨 주더니 정희 손을 잡아 일으켜 세웠다.

학교 운동장에는 이미 사람들이 몰려와 있었다. 시신 30구 정도가 땅바닥에 일렬로 눕혀져 있었다. 몸을 다 가리지 못한 거적 끝으로 발들이 삐져나와 있었다. 가족을 확인한 사람들의 대성통곡이 이어졌다. 빨간 동그라미가 있는 집은 대부분 총살당했다는 말을 들은 후, 정희는 구역질이 났다. 거적을 들춰낼 자신도 없었다.

숙자 이모는 시신을 일일이 확인하며 미실댁을 찾고 있었다. 그때 낯익은 신발이 정희의 눈에 들어왔다. 온기를 담아 신겨 준 엄마의 신발이었다. 차마 거적을 들치지 못하고 그 앞에 우두커니 서 있었다. 정희 앞에 선 숙자 이모가 거적을 들췄다. 엄마였다.

아빠 이야기만 꺼내도 눈빛이 흔들렸던 엄마, 철이 들면서 정희는 본능

적으로 아빠 이야기를 꺼내지 않았다. 그것이 엄마를 지키는 길이라는 것을 알았다. 아빠가 못 견디게 그리울 때면 뒷동산에 올라 목 놓아 아빠를 부르며 보고 싶은 마음을 달래기도 했다. 그렇게 지켜 온 엄마였다.

"엄마, 엄마 일어나! 인자 집에 가자."

정희는 엄마를 깨우듯 흔들었다. 엄마라고 부르자 서러움이 밀려왔다.

"엄마, 눈 뜨랑께! 집에 가자."

"아이고, 언니. 미안해서 어쩌까, 똑똑하고 착한 우리 언니, 아이고 언니!"

"엄마랑 언니, 나한테 왜 그려! 내가 뭔 잘못을 했다고, 어째 나한테 이러는 거여!"

총상을 입은 가슴은 피범벅이 되어 있었다.

"언니 참말로 미안하구만, 이 피 좀 봐라. 아이고, 얼마나 아팠을꼬. 언니, 으흐흐."

"엄마, 엄마! 우리 엄마 얼굴도 안 보여 주고 누가 그런거여! 왜 그런거여!"

숙자 이모와 정희의 울음소리에 놀란 금이도 자지러지듯 울어댔다. 정희는 엄마를 목 놓아 불렀다. 원망스러운 세상이 떠나가라 울었다.

4장
진짜와 가짜

미실댁이 세상을 떠난 후, 정희는 영락없는 외톨이었다. 동수 엄마는 여전히 악을 쓰고 소리를 질러 댔지만 동수는 묵묵히 장례를 도왔다. 장례라고 해서 특별할 것도 없었다. 시부모님 산소 옆에 미실댁은 묻혔다. 사상범은 죽어서도 사상범이었다. 마을 사람들은 혹여나 불똥이 튈까 봐 곁에 오지 않았다. 숙자 이모도 장례에 함께 하지 못했다. 정희는 이모의 상황을 이해하면서도 세상이, 사람들이 야속했다.

정희는 산에서 불어오는 칼바람을 온몸으로 맞았다. 심장을 가르며 바람이 지나갔다. 칼바람을 이겨내다 보면 잠시나마 엄마를 잃은 고통에서 벗어날 수 있었다. 계속 바람 한가운데 서 있자, 어느 순간 따뜻함이 느껴졌다. 매서운 칼바람에도 온기가 있듯이 정희의 삶에도 훈풍이 불어오길 동수는 빌고 있었다.

미실댁마저 떠났지만, 세상은 아무 일 없다는 듯 흘러갔다. 나라는 여전히 어수선했고, 좌익과 우익으로 나뉘면서, 동네 사람들은 서로 원수가 되기도 하고, 어느 편에 서야 할지 갈팡질팡하기도 했다.

동수 엄마는 동수를 광주로 전학 보내려고 애를 썼다. 하지만 꿈쩍도 하지 않는 동수를 포기한 대신 정희 집에 드나들면 전염병이라도 감염된 듯 호들갑을 떨었고, 어떻게든 떼어 놓으려 했다. 미실댁이 세상을 떠난 뒤, 정희를 대하는 동수 엄마의 태도는 더 악랄해졌다.

정희는 답답하거나 막막할 때면 설희 언니가 묻힌 여우고개에 올랐다. 유달산 끝자락인 여우고개에 올라서면 번화가와 함께 멀리 탁 트인 바다가 한눈에 들어왔다. 찬바람을 맞으며 앉아 있으면 그나마 시간이 금방 지나갔다. 그런 정희 곁에 동수도 함께였다.

"정희야, 뭔 생각하냐?"

"아무 생각도 안혀."

"미안하다."

"뭣이?"

"다."

"뜬금없이."

"우리 어매 일도 그라고."

"… 아줌마가 니 잘되라고 그라제, 못 되라고 그라겄냐."

"어쩨 그런가 나도 모르겄다. 나야말로 푸닥거리라도 하고 싶다."

"내가 여시라 너 잡아먹을까 봐 그라제."

쓸쓸하게 웃는 동수가 서글퍼 보였다.

동수는 조심스럽게 정희에게 앞일을 물었다. 어쭙잖은 오빠 노릇을 한다고 핀잔을 주었지만 사실 정희도 어떻게 해야 할지 막막하기만 했다. 그나마 의지하고 있는 외삼촌 댁에 가는 것도 마음이 편치 않았다. 삼촌까지 사상범으로 낙인찍힐 것 같아 망설여졌다. 그러나 정희에게 어른이 필요했다. 그래야만 동수 엄마와 동네 사람들이 자신을 함부로 대하지 않을 거라고 생각했다.

엄마까지 떠나보낸 후, 정희는 언니가 묻힌 평평한 봉분 주변으로 돌탑을 쌓기 시작했다. 동수는 정희가 하는 대로 따라 했다. 돌 위에 정성스럽게 돌을 쌓아 올리고 두 손 모아 소원을 빌었다. 돌탑을 쌓고 나면 정희는 마음이 한결 편안해졌다. 제법 돌탑이 모양을 갖춰가면서 봉분 주변으로 하나둘씩 돌탑이 늘어났다.

"아줌마가 그렇게 원한디 광주 가라."

"……."

"나는 외삼촌 집으로 가믄 된께."

"남아일언 중천금이라 했는디, 설희랑 한 약속은 지키고. 그리고 내 일은 내가 알아서 할 것잉께, 니 걱정이나 해라."

동수 말에 정희는 웃음이 픽 나왔다.

"음맘마, 야는 꼭 이렇게 진중허니 말하믄 웃더라."

"됐당께, 장례 도와준 것이 니 책임 다 한 것잉께. 그런 생각하지 말어."

말은 그렇게 했지만 동수마저 없었다면 버틸 수 있었을지 정희는 새삼 동수가 고마웠다.

"우리 아부지는 느그 할아버지한테 받은 거 아직 반에 반도 못 갚았다고 입버릇처럼 말해쌌고, 우리 어매는 너를 못 잡아먹어서 난리고… 이해해 달라는 말은 염치없어서 못 하겠고, 찢어지게 가난하게 살다 시집와서 그런가 하는 생각도 해 본디, 사실 나도 우리 어매를 잘 모르겠다."

해결책이 보이지 않는 이 상황에서 정희는 얼른 어른이 되고 싶었다. 지금은 이해하지 못하는 어른들의 세상을 들여다볼 수 있는 어른이 되고 싶었다. 그러면 동수 엄마가 덜 미울 것도 같았다. 동수는 매일 정희와 여우고개를 오르며, 미안한 마음을 대신했다. 그런 마음을 아는 정희는 오늘은 동수를 위해 돌탑에 돌 하나를 더 올렸다.

　첫눈이 내렸다. 눈은 누군가를 더 그리워하게 만드는 마력이 있었다. 마루에 걸터앉은 정희는 추운 줄도 모르고 내리는 눈을 하염없이 바라보았다. 언니가 처음 오던 날도 이렇게 온종일 함박눈이 내렸다. 그날처럼 대문을 열고 들어올 것만 같았다. 엄마, 언니와 함께 아랫목에서 고구마를 먹던 그 따뜻한 기운이 몸서리치게 그리웠다. 정희는 웃음소리를 들으며 잠이 들었다. 그날 밤 정희는 밤새 누군가를 애타게 불렀다. 온몸이 두들겨 맞은 듯 아팠다가 식은땀을 쏟아내기도 했다. 이마에 차가운 기운을 느낀 정희는 살포시 눈을 떴다.
　"언니, 설희 언니? 참말로 설희 언니여?"
　환하게 웃고 있는 설희 언니는 여전히 천사처럼 예뻤다. 정희는 왜 이제 왔냐며 소리 내어 엉엉 울었다. 설희는 말없이 정희의 눈물을 닦아 주었다. 자는 듯 깨어 있는 듯 언니를 확인하면서 밤을 보낸 정희는 방안으로 들어오는 햇살에 눈을 떴다. 정오가 다 된 듯했다. 눈을 뜨자마자 언니부터 찾았지만, 곁에는 아무도 없었다.
　'꿈이었구나.' 정희는 다시 혼자라는 생각에 지독한 외로움이 밀려왔다. 꿈에서 깨어난 것이 후회스럽기까지 했다. 자리에서 일어나려던 정희의 이마에서 수건이 뚝 떨어졌다. 정희는 바닥에 떨어진 수건을 한참 동안 바라보았다. 떨어진 수건을 손에 쥐었다. 누가 왔다 간 것일까? 정희는 방문을 열었다. 마당에는 눈이 소복이 쌓여 있었다. 그 위로 선명한 동물 발자국이 보였다. 정희는 신발을 신는 둥 마는 둥 달려가서 발자국을 확인했다. 여우였다.

'여우… 설마, 언니가….'

대문 밖을 살펴본 정희는 여우의 흔적을 찾기 위해 주변을 두리번거렸다. 눈 위로 사람들이 지나다닌 흔적만 가득했다. 군데군데 녹은 눈이 질퍽거리기까지 했다. 여우의 흔적은 없었다. 누구에게 들키면 안 된다는 생각에 대문을 걸어 잠근 정희는 쿵쾅거리는 가슴을 진정시켰다. 오랜만에 느껴 보는 기분 좋은 설렘이었다. 여우 발자국 때문에 정희는 언니와 엄마가 떠난 것도, 자신이 살아 있는 것도, 꿈인지 현실인지 분간이 되지 않았다.

그날 이후 정희에게 크고 작은 변화가 있었다. 우선 두려운 밤이 편해졌다. 어디선가 언니가 지켜주는 것 같았기 때문이다. 엄마가 떠난 후로 제일 곤욕스러운 것은 밤을 보내는 것이었다. 조그마한 소리에도 신경이 곤두서곤 했다. 그러나 이제 혼자가 아니라는 생각에 밤의 두려움은 사라지고, 어른들을 대할 때도 더 당당해졌다.

"안에 있냐?"

놀란 정희는 문고리를 잡았다. 밖에서 웅성거리는 소리가 들렸다.

"안에 있는 거 앙게, 문 열어라."

"정희야, 이몬디. 물어볼 것이 있어서 왔응게 놀라지 말어라잉."

숙자 이모였다.

문을 열고 나가보니 최동팔 아저씨와 동수 엄마, 그리고 몇몇 동네 사람들이 보였다. 엄마 장례식보다 더 많은 사람이 몰려왔다. 정희는 무슨 일인지 감이 잡히지 않아 마루에 엉거주춤 섰다.

"정희, 니 솔직허니 말혀라잉. 내 촉은 시상이 다 알아 준게."

"금이 아부지, 다그치지 마랑께라."

남편의 무서운 눈초리를 피하느라 숙자 이모는 딴청을 피웠다.

"자고 일어난께 우리 집하고 동수 집 마당에 갈기갈기 찢어진 노루 어미하고 새끼 사체가 뿌려져 있었는디, 여기는 별일 없냐?"

"야?"

놀라서 반문하는 정희에게 최동팔은 문초하듯 캐물었다.

"혹시 어젯밤에 왔다 간 사람은 없고?"

"어제 밤새도록 시름시름 앓다가 오늘 낮밥 먹을 때가 다 되야서 일어났는디라."

여우 발자국은 아무도 눈치채지 못한 것 같아 정희는 안심이 되었다.

"참, 귀신이 곡할 노릇이네. 어째 느그 집만 조용하다냐?"

동수 엄마의 앙칼진 목소리였다.

"감나무 집 영감이 엊지녁에 이리 누가 들어간 것을 봤다고 하던디, 아무도 안 왔냐?"

불리할 때는 입을 다물고 상황을 지켜보는 것이 최선이었다. 사람들은 수군대기 시작했다. 감나무 집 영감은 정희의 눈치를 살피더니 누가 들어간 것도 같고, 아닌 것도 같다며 말끝을 흐렸다.

엄마가 없다는 것은 여러 가지로 아픔이었다. 큰일을 몇 번 겪고 난 정희에게 한 가지 버릇이 생겼다. 마음속으로 진짜 어른과 가짜 어른을 구별하는 것이었다. 가짜 어른이라고 생각되면, 어떤 행동을 해도 두렵지 않고 당당하게 대처할 수 있었다.

"올 사람이 있어야지라. 장례식 끝나고 삼촌이 온다고는 했는디 여직 소식이 없는디라."

"쩌 참에 친구랑 학교 선상님이 집에 왔다던디, 그 친구 이름은 뭐시다냐?"

정희는 동팔이 아저씨의 의도가 무엇일지 생각했다.

"담임 선생님하고 반장이 지가 어째 결석했는지 확인하러 왔고라, 우리 집에 제일 많이 온 친구는 해순인디라."

"해순이? 해순이가 누구다냐?"

"아! 김 순경 딸래미?"

감나무 집 영감이 아는 체하며 끼어들었다.

"그라제, 해순이가 야 단짝은 맞제라."

숙자 이모는 정희 편을 들어 주느라 맞장구를 쳤다. 동수 엄마는 못마땅한 듯 한마디 했다.

"참말로, 재수가 없을랑께. 아침에 피범벅 된 노루 새끼 보고 뒤로 자뿌라질뻔 했당께라. 동수 아부지가 안 봤응께 망정이제. 재수 없는 집 옆에 있응께, 별 일이 다 있당께."

숙자 이모는 남편 눈치를 보느라 말은 못 하고 동수 엄마를 째려보았다.

"그나저나 참말로 묘하요, 어째 어미하고 새끼가 같이 있었을끄나? 그 것도 두 집에만."

말순이 엄마의 말이었다.

"그랑께 우리가 범인 잡을라고 이 집에 온 거 아니여."

동수 엄마의 곁눈질을 정희는 당당하게 마주했다.

"지는 모르는 일이랑께라."

"어른이 말하는디 똑바로 쳐다봄시롱, 하여튼 버르장머리하고는! 그라 고 쩌 참에 여기 집에 왔던 선상이 죽은 설희 위한다고 노래 만든 선상 맞 지야?"

「부용산」 노래와 이 일이 무슨 상관이란 말인가? 정희는 사사건건 트집 을 잡는 동수 엄마를 사납게 마주 보았다.

"어째 대답을 못 하냐?"

"잘 알지도 못 함시롱 말씀하싱께 그라지라. 그 노래는 선생님이 누이 를 잃고 쓴 시였당께라."

"긍게. 그 선상이 너희 집에 찾아온 것이 맞냐?"

최동팔은 다시 한번 확인하듯 물었다.

"워따워따 다들 오지랖도 넓네! 긍께 그 노래랑 이 일이랑 뭔 상관이 있 다고 쓰잘데없는 야기까지 꺼낼까 참말로. 야는 모르는 일 같응께, 갑시 다."

"확, 이놈의 여편네가! 서방 하는 일에 나서지 말라고 그렇게 말을 해도 싸가지 없이. 내 촉이 보통 촉이여? 내가 남로당원 잡은 군인이여, 그것도 남로당 간부를!"

최동팔의 말을 듣다 보면 남로당은 다 매국노이고, 사회주의 사상을 믿는 사람들은 다들 조국과 민족의 적이었다. 살기 위해, 혹은 누군가의 비위를 맞추기 위해 이곳 사람들도 공산당을 적으로 여기는 분위기였다.

　　반골 기질이 강했던 목포 사람들의 친일에 대한 저항의식은 그 어느 지역보다 강했다. 그 중 대표적인 사건이 1920년대 일어난 암태도 소작쟁의였다. 친일파였던 지주에 대한 불만이 폭발하면서 의기투합한 소작농들은 자신의 권리를 주장하며 목포항으로 모여들었다. 목포항에서 대대적인 항거가 일어났고 전 국민의 지지를 받으며 최초로 성공을 거둔 시민봉기였다. 의식 있는 지주들의 후원도 한몫했던 암태도 소작쟁의는 목포의 사회변혁에 새로운 바람을 불러일으켰고, 목포항 일대 일본인들의 간담을 서늘하게 했던 사건이었다. 하지만 이곳 목포에도 정권을 위한 좌우 대결구조가 뿌리내렸고, 조그만 시골 사람들까지 좌와 우로 나뉘는 시대의 비극이 드리워진 것을 많은 이들이 안타까워했다.

　　"야, 그 선생님이 우리 집에 온 것은 맞는디라, 담임 선생님잉께 지가 학교를 무단결석해서 확인차 왔던 것이여라."

　　잠시 정적이 흘렀다.

　　"니 생각해서 하는 말인디, 불순분자들은 항시 감시 대상잉께 조심해라잉."

　　마을 사람들은 최동팔의 말에 동조하듯 정희를 의심에 찬 눈초리로 바라보았다. 이 모든 따돌림과 의심을 혼자서 감당했을 엄마를 생각하며 마음을 다잡았다.

　　"야가 그런 것 같지는 않구만이라. 오늘 밤은 지가 보초도 서고 날마다 정희 집 딜다볼 것잉께, 집으로 돌아갑시다."

최동팔의 말에 마을 사람들이 쑥 빠져나가자 정희는 다리에 힘이 풀렸다. 방으로 들어온 정희는 한참 동안 웅크리고 앉아 있었다. 마음이 진정되자, 동물의 사체를 누가, 왜 갖다 버린 것인지 생각했다. 감나무 집 영감님 말대로 진짜 어젯밤에 집에 들어온 사람이 있다면 누구일지 궁금했다. 생각하면 할수록 선명해지는 한 사람이 있었다. 두 손을 모은 정희는 두근거리는 마음을 진정시키느라 뛰는 가슴을 지그시 눌렀다.

날이 밝는 대로 박기동 선생님을 만나야 한다는 생각에, 겨울밤은 더 길게만 느껴졌다. 어디선가 들려오는 첫닭 우는 소리에 정희는 눈을 떴다. 어슴푸레 아침이 밝아오고 있었다. 급하게 옷을 걸치고 사택을 향해 길을 나섰다. 새벽공기가 매서웠다. 들녘에 하얗게 내려앉은 서리가 몸을 더 움츠러들게 했다. 서리에 조금씩 젖어 든 신발 때문에 발까지 시려 왔다. 정희는 찬 기운에 몸을 부르르 떨었다.

사택 문은 굳게 닫혀 있었다. 담벼락에 서서 선생님을 몇 번이나 불렀지만, 답이 없었다. 인기척이 느껴지지 않자, 벌써 무슨 일이 생긴 것은 아닌지 걱정이 되었다. 생각 끝에 학교 가는 길목에서 난영이를 기다리기로 마음먹었다. 추위를 이겨내느라 발을 동동거렸지만, 시린 발가락이 떨어져 나갈 것 같았다.

"정희야!"

길목에 서 있는 정희를 먼저 알아본 난영이는 달려와 정희의 손을 꼭 잡았다.

"언제부터 있었다냐? 손이 꽁꽁 얼었네. 안그래도 엄마 소식 듣고 찾아갈라 했는디……."

박기동 선생님 안부부터 묻자, 난영이는 뜻밖에도 안성현 선생님이 월북했다는 이야기부터 꺼냈다. 안 선생님의 월북으로 일이 꼬이면서 박기동 선생님은 안성현 선생님과 친하다는 이유로 사상범으로 몰려 잡혀갔고, 난영이도 조사를 받고 풀려났다는 것이었다. 박기동 선생님은 아직 목포 지서에 있지만 광주로 곧 이감된다고 했다. 무조건 사상범으로 엮는 상황에 치가 떨린 정희는 꼭꼭 눌러 두었던 분노가 다시 치밀어 올라왔다.

"조사까지 받고, 몸은 성하냐?"

"니가 고생했제, 나는 암것도 아니제. 어매 보낼 때도 못 가보고. 얼마나 놀랬냐?"

"그런 말 말어, 다들 고생인 시상잉께."

난영이와 선생님의 고초도 모르고 연락 없는 두 사람을 원망했던 정희는 내심 미안한 생각이 들었다.

요동치는 시국에 안전한 곳도, 안전한 사람도 없었다. 선생님이 잡혀갔을 거라는 생각은 못 하고 동팔이 아저씨가 한 말이 걸려서 한달음에 달려온 것이었다. 정희는 어젯밤에 동팔이 아저씨가 집에 다녀간 이야기부터 동물 사체 이야기까지 전했다.

"그래서 이 새벽부터 나온 것이여? 그냥 물어본 말일 수 있응께, 걱정말고. 근디, 동수 엄마 야그 들을 때마다 얄미워 죽겄든만 누가 그랬는가 몰라도 내 속이 다 시원하다."

두 사람은 마주 보며 웃었다.

"얼굴이 영 못쓰게 되얐구만… 밤에 혼자 있응께 무섭지야? 우리 집에서 같이 살자는 말도 못 하고 미안허다."

"그런 말 말라 해도 그러네. 숙자 이모가 알게 모르게 도와주고, 인자 삼촌도 오신다고 했응께, 또……."

정희는 여우 발자국 이야기를 하려다 그만두었다. 입 밖으로 꺼내면 왠지 달아날지도 모른다는 생각이 들었기 때문이다.

"선생님 금방 풀려 나겄제?"

"꼬투리 잡아봤자 나올 것이 있어야제. 다 같이 학교에서 만날 날이 금새 올 것잉께, 힘내라잉."

"그려그려. 선생님 소식도 알았고, 니도 무사한지 알았응께, 얼른 집에 가야쓰겄다. 동네 사람들이 아침부터 어디 갔다 왔냐고 하믄 또 곤란한께."

난영이는 잡고 있던 정희의 두 손에 힘을 주었다. 무례한 어른들에게 지쳐 있던 정희는 난영이를 만난 것만으로 숨통이 트이는 것 같았다.

날마다 집을 들여다보겠다는 동팔이 아저씨 말이 마음에 걸렸던 정희는 아쉬움을 뒤로하고 곧장 집으로 향했다. 급하게 걸어오는데 동수 엄마가 정희 집 문 앞을 서성이고 있었다.

"아침 댓바람부터 어디 갔다 오냐?"

"뭔 일인디라?"

"어른한테 말하는 본새하고는. 혹시… 동수한티 노루 야그 했냐?"

"어제 얼굴도 못 봤는디라."

"참말이여?"

"······."

"어째 대답이 없냐?"

"지는 누구처럼 거짓말은 안 한당께라."

"오메메, 참말로 이놈의 가시내 말하는 것 좀 보게."

"동수 지가 먼저 찾는 일은 없응께, 그렇게 감시하듯이 우리 집 들락날락하지 마랑께라."

동수에게 미안했지만, 아줌마를 보내려면 사납게 구는 수밖에 없었다. 집에 들어선 뒤로도 한참 동안 동수 엄마의 욕설이 들려왔다. 그러고 보니 어제부터 동수가 보이지 않았다. 걱정스런 마음에 부엌 쪽 담벼락으로 동수 집을 기웃거렸다. 동수를 만나면 동물 사체 이야기부터 물어볼 것이 많았다.

오늘 저녁 찬은 걸었다. 나물이며 고등어까지 구워온 숙자 이모는 말없이 밥상을 차려 냈다. 말도 많고 밝았던 숙자 이모는 남편 등쌀에 갈수록 생기를 잃어 가더니 딴 사람 같았다.

"저승 가믄 언니 얼굴이나 지대로 볼란가 모르겠다. 얼마나 내 원망을 했을끄나, 미안하다는 말도 못 했는디······."

"······."

엄마를 도와주지 못했다는 죄책감에 시달리는 숙자 이모가 오늘따라 더 안쓰러웠다.

"그놈의 여수 반란인가 뭣인가 생각만 해도 끔찍하다. 어째 여수 일이 여까징 불똥이 튀어갖고… 나는 인자 좌고, 우고, 남로당이고, 뭣이고 간에 진절머리가 나서 밖에 나가기도 싫다. 근디 니 속은 오직 하겄냐… 내가 니를 데꼬 살아도 시원찮을 판에… 참말로 입이 열 개라도 할 말이 없다."

"이모 마음 다 앙께, 그만 속상해하시라."

"시상에, 사람 새끼가 되갖고, 언니 가는 길도 못 보고… 나는 사람도 아니랑께."

옷고름으로 눈물을 닦아 내는 이모의 손을 꼭 잡았다. 설희 이야기로 미실댁의 속을 뒤집어 놓고 사과도 하지 못하고 이별한 것을 숙자 이모는 두고두고 괴로워했다.

"이모, 아저씨 오믄 또 난리낭께. 얼른 가야제."

"긍께. 어린 니 잡고 내가 주책이다. 끼니 거르지 말고 밤에 정 무서우믄 이모 불러라잉."

그때 인기척도 없이 방문이 열렸다. 술 냄새가 확 풍겼다. 최동팔이었다. 당황한 숙자 이모는 얼버무리며 정희가 아프다고 해서 잠깐 들렀다고 했다. 먹잇감을 보는 듯한 눈빛에 정희도 주눅이 들었다.

최동팔은 날이 갈수록 고개가 빳빳해졌다. 가끔 영어를 써가며, '레드'들은 다 사형이라고 했다. 어디에 숨어 있어도 '레드'는 다 보인다며 정희에게 들으라는 듯 큰소리를 치곤 했다. 게다가 술이라도 한잔 걸치면, 어김없이 상놈들이 사람 대접받으려면 남로당 새끼들 잡아서 높은 자리에 올라가는 것밖에 없다며 고래고래 소리를 질렀다. 집에 가서 얘기하자는 숙자 이모에게 양반놈들에게 그렇게 무시당하고도 정신을 못 차린다며 욕을 퍼붓기 시작했다. 정희는 아무도 막지 못하는 아저씨의 술주정이 빨리 끝나기를 빌었다. 소란이 잦아들기를 바라면서 밥상도 치우지 않고 웅 크린 채로 앉아 있었다.

상상조차 해 본 적이 없는 생활이었다. 좌와 우, 양반과 천민, 남과 북. 왜 이렇게 편을 나누는지, 어디까지 더 편을 나눠야 끝나는지······. 밤이 깊어질수록 정신은 또렷해졌다. 정희는 결단을 내렸다. 삼촌 집으로 가기 로 마음을 정했다.

어느 정도 집 정리가 되자, 정희는 짐을 챙기기 시작했다. 며칠 전, 전보 를 받은 삼촌은 집을 세 놓으라고 했고, 그 말을 들은 최동팔은 이 집에 세 들어 살기를 원했다. 숙자 이모는 어떻게 언니 집에서 살 수 있냐고 펄쩍 뛰었지만 모든 일은 최동팔이 원하는 대로 진행되었다. 정희는 엄마 자 리가 영영 사라지는 것 같아 싫었지만 내색하지 않았다. 동팔이 아저씨를 이길 방법이 없었다.

짐을 챙기고 있는데 뜻밖에도 김선숙 선생님의 편지를 들고 난영이가 찾아왔다. 연좌제라는 법이 생겨 사상범의 가족들까지 위험한 상황이니 함께 떠날 생각이 있는지 묻는 내용이었다. 고요했던 정희의 마음에 파문 이 일었다. 떠난다면 어디로 간다는 것일까? 불현듯 힘든 일이 있으면 김 선생님을 찾아가라는 엄마의 말이 떠올랐다.

무슨 일인지 궁금해하는 난영이에게 편지를 건넸다. 편지를 읽은 난영 이는 조심스레 선생님의 뜻에 따르는 것이 좋겠다고 했다. 김선숙 선생님 은 사범학교 시절, 사상가를 소개한 글 하나 때문에 다시 지명수배가 내려 진 상태라고 했다. 북과 관련된 사람들은 꼬투리 하나만 잡혀도 순식간에 죄인이 되는 시대였다. 정희도 자유로울 수 없다는 것이 난영이의 생각이었다.

정희는 어렴풋이 선생님이 산으로 들어갈 거라는 생각이 들었다. 당시 새로운 세상을 꿈꾸며 산으로 들어가 기회를 엿보거나 상황에 몰려 산으로 들어가는 이들도 많았다.

'빨치산은 어떤 사람들일까?'

정희의 고민은 깊어졌다. 큰일을 결정할 때는 엄마의 빈자리가 더 크게 다가왔다. 정희는 우선 자신이 터득한 방법대로 진짜 어른과 가짜 어른을 나눠 보았다. 동수 엄마, 아저씨, 해순이 아버지는 가짜 어른. 숙자 이모, 박기동 선생님, 김선숙 선생님은 진짜 어른이었다. 이렇게 구분하고 나면 일을 결정하기가 수월했다. 난영이 조언대로 선생님을 따라간다면 앞으로 어떻게 되는지 불투명한 앞날이 두려웠다.

그날 밤, 정희는 부엌문 쪽에서 나는 소리에 신경이 곤두섰다. 조용히 정희를 부르는 소리가 들렸다. 김선숙 선생님이었다. 문을 열자, 선생님은 잽싸게 신발을 들고 방으로 들어왔다. 정희는 엄마가 다시 살아온 것처럼 반가웠다. 인사할 틈도 없이 선생님은 갈수록 감시가 심해져서 하루라도 빨리 떠나야 할 상황이라는 말부터 꺼냈다. 매사에 열정적이었던 선생님은 왜 쫓기는 신세가 되었는지, 사상범이라는 모호한 말처럼 권력을 위해 사상범은 계속 만들어지고 있었다. 저녁상을 차려오겠다는 정희에게 선생님은 시간이 없다며 이야기를 이어갔다.

"정희야, 지금 쫓기는 신세라 우선 몸을 숨겼다가 시국이 안정되면 광주로 가려고 해. 선생님이랑 같이 가겠니? 박 선생님 부탁도 있었지만 12월

1일에 국가보안법이 공표됐다는 말 들었지? 너랑 나같은 사람들은 옴짝달싹할 수 없게 하는 법이야. 가족들까지 옭아매는 연좌제도 부활해서 몸을 피하는 게 안전할 것 같구나."

정희가 싸 놓은 짐이 눈에 들어왔다.

"함께 떠날 생각이었구나?"

"야… 근디 아직도 어찌께 해야 할지……."

그때 대문을 쾅쾅 두드리는 소리가 들렸다. 두 사람은 바짝 긴장했다. 선생님은 곧바로 부엌문 쪽으로 몸을 숨겼다. 다시 못 만나게 되면 오늘 밤 자정 여우고개 맷돌바위로 오라고 했다.

"안에 있냐? 집 문제로 왔응께, 문 쪼까 열어봐라."

정희가 떠난다는 말을 들은 후, 최동팔은 자기 집 드나들듯 했다. 최동팔은 방 안을 넌지시 바라보더니 누가 있냐고 물었다. 정희의 심장 박동 소리가 빨라졌다. '아니다'라고 말하는 목소리는 생각보다 차분했다. 최동팔은 뜬금없이 지난번 동물 사체를 누가 버렸는지 짐작 가는 사람이 있냐고 물었다. 정희는 그의 의중을 파악하면서 모르는 일이라고 했다. 그러자 이 집에 누군가 들어가는 것을 봤다며 말순이 엄마가 가 보라고 했다는 것이었다. 선생님이 도망갈 시간을 벌어줘야 했다. 까맣게 잊고 있었던 일이, 마을 사람들에게는 여전히 풀리지 않는 의문이었나보다. 정희는 선생님이 대화를 들을 수 있도록 큰 소리로 말했다.

"정 그러시믄 말순이 엄마 데꼬 와서 집을 뒤져 보시던지라."

최동팔은 정희를 뚫어지게 쳐다보았다. 정희는 그 눈빛을 마주하며 엄마는 어이없게 잃었지만, 선생님만큼은 잡혀가게 두지 않을 것이라고 다

짐했다.

"동네 사람들 말 들어 본께, 두 집에 원수진 사람들 짓 같다고 하던데라."

정희 말을 들은 최동팔은 큰 소리로 웃기 시작했다. 소름 끼치는 웃음소리였다. 최동팔은 신발을 신은 채로 마루에 올라서더니 방안으로 불쑥 들어와 정희의 멱살을 잡았다.

"니가 주인집 자슥이라는 것은 뭔 옛날 얘기여. 니 아부지가 다 말아먹은 집, 내가 지켜주믄 고마워 해야제. 어디서 사람을 깔보고 지랄이여!"

눈의 살기와 거친 숨소리가 두려웠지만 최동팔은 정희에게 가짜 어른이었다.

"아직은 내 집잉께, 함부로 들어오지 마랑께라."

"이년 봐라."

손에 힘을 주자, 숨이 턱 막혔다. 그때 숙자 이모와 동수 엄마 그리고 마을 사람들 몇몇이 우르르 몰려왔다. 최동팔은 옷매무새를 가다듬으며 아무 일 없었다는 듯 마루로 나가 마을 사람들을 맞이했다.

말순이 엄마는 방에서 나오는 최동팔에게 집 주인 같다며 그의 비위를 맞췄다. 기분이 좋아진 최동팔은 큰소리로 웃으며 말순이 엄마에게 앞으로 자주 놀러 오라고 했다. 정희는 거친 숨을 몰아쉬며 분을 삭였다.

"근디 어째 모이라고 했소?"

동수 엄마의 말에 말순이 엄마가 대답했다.

"머리 긴 가시내가 정희 집으로 쏙 들어간 것을 내가 봤당께라. 혹시나 그때 범인인가 해서 지가 금이 아부지한테 말했제라."

"아니, 어째 자꾸 다 지난 일을 갖고 야 탓을 한가 모르겠네."

"모르믄 가만히나 있으랑께. 동수한티 하는 짓을 보믄 꼬리 아홉 개 달린 여시는 쩌리 가란께!"

"아이고, 참말로 정희는 동수한티 관심도 없는 거 세상천지가 다 아는디, 뭔 말을 그렇게 지 생긴대로 함부로 한가 모르겠네."

"뭐시라고!"

만나기만 하면 다투는 두 사람에게 최동팔은 여자들이 재수 없게 큰소리친다고 역정을 냈다.

그 순간, 몸을 숨기던 김선숙은 동수와 맞닥뜨렸다. 동수는 정희 집 부엌 담을 넘는 김선숙을 보고 어떤 상황인지 직감했다. 동수는 정희 친구라며 김선숙을 안심시켰지만, 경계하는 눈빛이 역력했다. 동수는 정희를 도울 일이 있으면 말해 달라고 했다. 한시바삐 마을을 벗어나야 하는 상황에서 이 말을 믿어야 할지 판단이 서지 않아 김선숙은 머뭇거렸다. 잔뜩 긴장한 김선숙에게 동수는 정희 엄마 장례를 도운 친구라는 설명을 덧붙였다. 김선숙은 고민 끝에 만나기로 한 장소에서 꼭 보자는 말을 전해 달라고 했다.

'마을을 떠나기로 했구나.' 내심 놀란 동수는 정희를 잘 부탁한다며 고개 숙여 인사를 건넸다. 김선숙은 동수의 진심이 읽혀 그나마 안심이 되었다. 동수는 뒷문을 안내하며 김선숙이 무사히 빠져나갈 수 있도록 도와주었다.

한편, 정희는 동네 사람들의 대화를 들으며 선생님을 따라 마을을 떠나기로 결심했다.

"이사를 가던지 해야제, 재수 없는 집 옆에 있응께, 신경 쓰이는 일이 한두 개가 아니랑께."

"참말로 주둥아리 함부로 놀리네. 개구리 올챙이 적 생각 못 한다고. 우리 어르신께서 동수 아부지 핵교 다닐 때 뒷바라지 해 준 거 온 세상 천지가 아는디, 사람이 그러믄 못 써라."

"아이고, 그 징한 놈의 뒷바라지, 내가 시집와서 다 갚았당께. 언제까지 우려먹을 참이여! 그라고 누가 누구한테 지적질이여! 방귀 뀐 놈이 성낸다고, 정희한티 물어보게, 누가 더 섭섭한가!"

동수 엄마는 씩씩거리며 한마디도 지지 않았다.

김선숙의 말을 전하기 위해 부엌문으로 숨어들었던 동수는 엄마의 이야기를 들으면서 부끄러움에 얼굴이 달아올랐다.

"지 아들 중하믄 남의 집 자식 귀한 줄 알아야제. 그렇게 업신여기믄 천벌 받아라."

"아이고, 참말로. 주인집까지 뺏었다고 동네에서 수군대는지는 모르고, 누가 천벌을 받는지는 두고 봐야제."

얼굴이 사색이 된 숙자 이모가 한마디 더 하려는 순간, 어디선가 여우 울음소리가 들렸다. 소름이 돋는 처절한 울음소리였다. 일순간 정적이 흘렀다. 모두 어디서 나는 소리인지 사방을 둘러보았다. 동수 엄마는 귀를 막으며 괴로워하면서도 여우의 울음소리를 쫓고 있었다.

"설희 언니다."

정희의 외침에 동수 엄마의 얼굴이 하얗게 변했다. 말순이 엄마는 정희 눈치를 보면서 여우가 처량하게 운다며 횡설수설했다.

"우-우-우~"

다시 한번 길게 뽑은 여우 울음소리가 온 마을을 뒤덮었다. 동수도 때마침 들려오는 여우의 울음소리에 설희를 떠올렸다. 한참을 울어대던 여우 울음소리가 잠잠해졌다.

오싹한 기운을 떨치려는 듯 최동팔은 큰소리로 말순이 엄마에게 정희집에 여자가 들어간 것을 언제 봤냐고 물었다. 말순이 엄마는 갑자기 요즘 헛것이 보이기도 한다며 발뺌을 했다. 좀 전까지 사납게 따지고 들던 동수 엄마도 말이 없었다. 숙자 이모는 숙자 이모대로 동수 엄마의 말에 상한 속을 달래고 있었다. 머쓱해진 동수 엄마가 먼저 자리를 뜨자, 마을 사람들도 하나둘씩 돌아갔다. 최동팔은 뭔가 꺼림칙했지만, 발길을 돌릴 수밖에 없었다. 정희는 도망가듯 집을 나가는 사람들을 보면서 왠지 모르게 통쾌했다.

동네가 조용한 걸 보니 김선숙 선생님은 무사히 빠져나간 것 같았다. 정희는 마을을 떠날 생각에 마음이 급해졌다. 동수 얼굴이라도 보고 가면 좋으련만……. 그때 거짓말처럼 부엌문 쪽에서 정희를 부르는 동수의 목소리가 들렸다. 동수는 김선숙 선생님에게 들은 이야기를 전했다. 떠나는 일이 일사천리로 진행되는 것 같아 정희는 잠시 어리둥절했다. 이렇게 야반도주하듯 고향을 떠나게 될 줄 몰랐다. 정희는 챙겨 두었던 옷 가방에 「부용산」 악보와 엄마가 준 빨간 보자기를 넣었다.

"정희야, 따뜻한 옷 챙겨라. 거기는 추울 것인디."

동수도 정희가 산으로 떠날 거라고 짐작한 모양이다.

산사람이 된다고 생각하니 정희는 기분이 이상했다. 매일 야간 순찰을 도는 서북청년단도 걸리고, 무사히 댓돌바위까지 갈 수 있을지 정희는 심란했다. 그나마 다행인 것은 귀신이 출몰한다는 여우고개는 늦은 밤, 인적이 뜸하다는 것이었다. 한사코 마다하는 정희에게 무슨 일이 생기면 대처하기 수월하다며 여우고개까지 함께 가겠다고 동수는 고집을 부렸다. 끝까지 동수에게 짐을 주는 것 같아 마음이 무거우면서도 든든했다. 동수는 정희 생각만 하면 마음이 아렸다. 엄마의 말로 만신창이가 된 정희를 어떻게든 도와주고 싶었다.

찬바람이 부는 12월인데도 잔뜩 긴장한 정희는 식은땀이 났다. 여우고개에 다다르자 돌탑이 먼저 눈에 들어왔다. 아픈 지난날이 고스란히 담긴 돌탑이었다. 주체하지 못하는 슬픔을 이겨내기 위해 무작정 돌을 올리며 소원을 빌었던 지난 시간이 떠올랐다. 설희 언니 무덤가에 가서 인사라도 하고 싶었지만, 마음으로 대신 할 수밖에 없었다.

"다 왔응께, 여기부터는 혼자 갈게."

"그래, 정희야… 몸 성히 있다가 와라. 여기는 내가 지켜줄 것잉께."

"……."

정희의 눈시울이 붉어졌다. 엄마 일을 사과하고 싶었던 동수는 악수로 그 마음을 대신했다. 맞잡은 정희의 손길은 여리고 부드러웠다. 이렇게 어린 정희를 산으로 보내도 되는지 동수는 잠시 고민이 되었다. 정희를 도울 수만 있다면 뭐든 하고 싶었지만, 해 줄 수 있는 것이 아무것도 없었다. 동수는 이런 상황이 한없이 원망스러웠다.

울음을 꾹 참고 있던 정희는 동수의 따뜻한 손길에 그만 눈물이 났다.

굵디굵은 눈물방울이 동수의 손등에 '뚝' 하고 떨어졌다. 불에 데인듯 뜨거운 눈물이었다. 동수는 짠한 마음을 감추느라 맞잡은 손에 힘을 주었다. 옆에 오는 것도 두려워하는 사상범의 곁을 마지막까지 지켜 준 사람은 동수뿐이었다.

"고맙다. 동수야."

"내가 들을 말은 아니구만."

"끝까지 도와주고… 고맙제, 뭐시 아니어."

모진 말만 퍼부어 댄 엄마를 원망하기보다는 고맙다고 말해 주는 정희가 어떤 마음인지 알 것 같았다. 그래서 한없이 애틋하고 한없이 짠했다. 쏟아질 듯 밤하늘을 가득 채운 별들이 두 사람을 환히 비춰 주었다.

다음 날, 정희가 사라진 것을 알게 된 마을에서는 한바탕 난리가 났다. 최동팔은 남로당원을 잡은 날처럼 느낌이 왔었는데 그놈의 여우 때문에 겁을 먹고 일을 그르쳤다고 숙자 이모에게 분풀이해댔다. 소식을 들은 해순이 아버지는 서북청년단과 함께 발 빠르게 마을 뒷산을 오르기 시작했다. 최동팔도 일사불란하게 움직였다. 그는 먼저 동수 집으로 향했다.

"장동수, 동수야, 쪼까 나와 봐라."

최동팔의 거친 목소리에 놀란 동수 엄마가 먼저 얼굴을 내밀었다.

"어째, 남의 집 아들을 찾소?"

"정희 일 땜시 물어볼 것이 있응께, 쪼까 나와 보라 하쇼."

"참말로 그놈의 가시내는 동네를 떠나도 성가시게 하는구만."

동수 엄마는 아침 일찍 정희가 사라졌다는 말을 듣고 십 년 묵은 체증이 내려가는 듯 했다.

정희에게 들은 말 없냐고 묻자, 설희 언니가 자기를 데리러 올 거라는 이야기를 자주 했다고 말했다. 다른 말은 없었냐고 묻자, 자기를 괴롭히는 어른들을 설희 언니가 혼내 준다는 말도 했다고 전했다. 동수 엄마와 최동팔은 서로 눈치를 보며 말이 없었다. 불안해하는 어른들을 보자 동수는 왠지 모르게 통쾌했다.

동수 말은 동네 사람들의 입에 오르내리며 갖가지 이야기를 만들어 냈다. 북에서 아버지가 내려와서 정희를 데려갔다고 하는가 하면, 억울하게 죽은 엄마와 설희가 불쌍한 정희를 데려갔다는 등 갖가지 낭설이 떠돌았다. 버려진 동물 사체와 때마침 들렸던 여우 울음소리까지 더해져 설희가 구미호가 되었다는 소문도 들렸다. 동수는 갖가지 소문을 들을 때마다 정희가 멀리 도망갈 시간을 벌어준 것 같아 뿌듯했다.

최동팔은 정희를 잡지 못한 것이 못내 아쉬웠다. 말순이 엄마는 그제서야 정희 집에 사람이 들어간 것을 두 눈으로 똑똑히 봤다며 큰소리를 쳤다. 그 와중에 정희 집에 들어간 사람은 귀신으로 둔갑해 있었다.

정희가 사라진 후, 숙자 이모는 몸져 앓아누웠다. 미실댁이 그렇게 가 버린 것도 허망했지만, 정희에게 노잣돈 한 푼 챙겨 주지 못한 것이 마음에 걸려 속앓이 중이었다. 최동팔은 아픈 아내는 뒷전인 채, 진작 잡아 넘겼으면 고구마 줄기처럼 빨갱이들이 줄줄이 걸려들었을 텐데 더 자세히 알아보지 못한 것이 후회막심이었다.

한편, 정희는 여우고개 댓돌바위에서 기다리는 선생님을 무사히 만났다. 초조함에 발을 동동 구르고 있던 김선숙은 어둠을 헤치며 걸어오는 정희를 보자 그제서야 안도의 한숨을 내쉬었다. 두 사람은 곧바로 목포항으로 향했다. 선생님은 걸으며 광양 백운산으로 갈 것이라고 말했다. 목포항에 광양까지 안내해 줄 사람이 기다리고 있었다. 그는 김선숙의 광주 사범학교 시절 동창생인 김호중이였다. 짙은 눈썹에 다부진 체형 때문인지 늠름해 보이는 인상이었다.

김호중은 광양 백운산 전남도당에 합류할 것이라고 설명해 주었다. 미리 접선해 놓은 배를 타기 위해 쉬지 않고 움직였다. 어슴푸레 아침이 밝아 올 때쯤 배가 있는 곳에 도착했다. 이른 새벽인데도 항구에는 출항 준비를 하느라 분주하게 움직이는 사람들이 많았다. 삼삼오오 모닥불을 쬐면서 추위를 이겨내는 사람들도 보였다. 작은 나룻배에 올라탄 후, 배가 출발하자 김호중은 정희에게 이제 안심해도 된다고 했다.

거친 물살에 배가 곧 뒤집힐 것 같았다. 검푸른 새벽 바다는 거칠고 매서웠다. 그제야 멀어지는 유달산의 기암괴석이 눈에 들어왔다. 유달산을 보자, 숙자 이모의 노랫소리가 귓가에 맴돌았다. 아저씨한테 맞고 있는 건 아닌지……. 엄마와 설희 언니에게 제대로 인사도 하지 못하고 떠나온 탓에 괜스레 서러웠다. 마지막까지 곁을 지켜준 동수도 애잔하게 다가왔다. 어쩌다 고향까지 떠나게 됐는지, 난영이에게 간다는 말도 하지 못하고 떠나온 것도 걸렸다. 그리운 사람을 떠올리며 정희는 소울음을 울었다. 넘실대는 파도 소리가 정희의 울음을 삼켰다.

나지막하면서도 위엄 있는 유달산은 수많은 전설을 만들어 내는 산이었다. 왜적이 침입했을 때, 이곳 유달산에서 이순신 장군과 백성들이 혼연일체가 되어 왜군을 막아내기도 했다. 목포와 주변 섬의 옥토에서 나는 기름진 쌀은 수탈의 대상이었고, 그것을 지키기 위해 키워낸 정신은 수많은 국난을 이겨낼 수 있는 힘이 되었다. 큰일이 있을 때마다 하나로 뭉치며 위기를 이겨낸 목포 사람들의 자부심은 어려울 때일수록 더 빛을 발했다. 그런 목포에도 사상의 그림자가 드리우면서 결국 고향까지 떠나야 하는 상황이 믿어지지 않았다.

소리 내어 울다 눈물을 훔치는 정희를 김선숙 선생님은 꼭 안아 주었다. 김호중은 고향에 다시 오게 될 것이라고 위로했다. 정희는 그동안 겪었던 일들이 주마등처럼 스쳐 지나갔다. 세 사람은 멀어지는 유달산에 눈을 떼지 못하고 각자 상념에 젖어 들었다.

5장
수난의 노래

설핏 잠이 들었던 정희는 제주 4·3투쟁이라는 말에 눈이 번쩍 뜨였다. 엄마를 살려 달라고 애원할 때, 해순이 아버지한테 들었던 말이 항상 의문이었다. 제주도에서 반란을 일으킨 놈들과 여수 군인들이 공산당과 한통속이 되어 경찰과 양민들을 인정사정없이 죽였다는 말이 정희의 머릿속을 떠나지 않았다. 그래서 공산당과 관련된 가족을 잡아들이게 되었고, 엄마도 사상범의 가족이니 당연히 죄가 있다는 것이었다. 그러나 두 사람의 대화는 달랐다. 당시 이승만은 정권을 유지할 목적으로 제주 4·3투쟁을 오히려 좌·우 구분을 뚜렷하게 만들어 상황을 키워 나갔고, 양민을 보호하기는커녕 마을 주민들끼리 좌익 세력을 색출하게 만들어 매일 공개처형을 했다는 것이었다. 그렇게 제주도민은 원수가 되었고, 이때 사살된 무고한 양민이 수천 명이라고 했다. 그런 제주도를 진압하라는 명령에, 여수 14연대는 같은 양민을 죽일 수 없다고 불복종했고, 정권은 악랄하게 그들을 사상범으로 몰아가면서 전남 일대에 무차별적인 탄압을 시작한 것이다.

여수 14연대 사건 이후, 어른뿐만 아니라 어린이까지 일일이 조사해서 불순분자는 다 제거하라는 이승만의 담화문은 결국 경찰과 우익 단체에 날개를 달아 준 셈이었다. 권력을 지키고 차지하려는 사람들에 의해 여수 14연대의 반란은 공산주의자들의 음모로 둔갑했고, 그 일대 사람들은 영문도 모른 채 죽거나, 쫓기듯 산으로 숨어들어야만 했다. 누군가는 소중한 가족을 잃었고, 평화롭던 마을 사람들은 서로 원수가 되는 비극이 벌어졌다. 세상을 먼저 떠난 사람에게도 불순분자라는 이름이 따라붙었고, 더 좋은 세상을 꿈꾸던 많은 선생님은 학교를 떠나야만 했다. 정희와 김선숙 선생님도 그 시류에 휩쓸린 것이다.

　김선숙은 정희를 산으로 데려가는 것이 맞는지 아직도 혼란스러웠다.

　"정희가 잘 이겨낼 수 있을까?"

　"마을에 있는 게 위험하니까, 이게 최선이야. 제주 4·3 사건뿐만 아니라, 여수, 순천에서도 공산주의 하면 치를 떠는 상황을 만들어 놨으니 목포까지 번지는 것은 순식간이야."

　"가족이라는 이유만으로 쫓기는 신세라니… 정희가 가여워."

　"공산주의자로 몰아서 사람 하나둘 죽였다 해도 국책 수행하는 데 최선을 다한 애국자가 되는 세상이야. 그런 이상주의적 발언은 정희에게 전혀 도움이 안 돼."

　"상황은 이해하지만, 아무것도 모르는 어린애들까지 이데올로기에 휩싸이니까 하는 얘기야."

　여순사건이 일어나면서 반공, 멸공 분위기는 더 확고해졌고, 북에서 내려온 사람들은 악질이라는 인식이 만들어진 것도 사실이었다.

날이 밝자, 세 사람은 한적한 항구에서 제법 큰 고깃배로 갈아탔다. 정희는 계속 뱃멀미를 했다. 속이 완전히 비워지고 나니 멀미도 멈췄다. 배 타는 것에 익숙해질 만하자 광양항에 도착했다. 목포보다 훨씬 더 단조로운 광양항에는 그물을 손질하고 있는 한 무리의 아낙네들이 보였다.

배에서 내리기 전, 김호중은 챙겨온 곡식을 자신의 보따리에 모두 옮겨 담았다. 나눠서 들자는 김선숙에게 배에서 내리면 갈 길이 멀다며, 마음 단단히 먹으라고 했다. 미리 준비해 온 주먹밥으로 허기를 채운 세 사람은 백운산을 향해 걷기 시작했다. 김호중은 제대로 보이지 않는 숲길을 잘도 찾아냈다. 해가 지기 전에 도착해야 위험하지 않다는 그는 어떻게 된 일인지 시간이 갈수록 발걸음이 더 빨라졌다.

반나절을 꼬박 걸어 도착한 곳은 백운산 배꼽바위 근처 골짜기였다. 골짜기 옆에 자리 잡은 볼록한 바위 한가운데가 움푹 파여 영락없이 배꼽처럼 보였다. 작은 키에 다부진 몸을 가진 한 청년이 일행을 보자마자 달려나왔다. 어깨엔 장총을 메고 있었다.

"선상님 동무, 무사히 돌아 오셨구만이라. 언제 오시나 한참 기웃거리고 있었당께라."

"동무 덕분에 잘 도착했소. 별일 없었지?"

"암요, 지가 망을 보믄 개미 새끼 한 마리 얼씬 안 한께라."

김호중은 껄껄껄 웃으며 목포에서 온 동무라고 두 사람을 소개했다. 그리고 곧장 대장이 있는 곳으로 안내했다. 길게 자란 수염때문에 표정이 잘 읽히지 않았지만, 눈빛은 강렬하게 빛나고 있었다. 정 일 대장은 김선숙에게 악수를 청하며, 부대에 꼭 필요한 분이라며 반갑게 맞아 주었다.

백운산에는 빨치산 총사령부가 자리 잡고 있었고, 이곳 배꼽바위 부대에는 도당 학교가 있었다. 다양한 학력과 경력을 가진 대원들에게 일종의 정치 학습을 시키는 곳이었다. 대장은 정희에게도 악수를 청했다. 악수가 낯설었지만, 정희는 어른 대접을 받는 것 같아 싫지 않았다.

덕보는 아이들이 모여 있는 움막으로 두 사람을 안내했다. 보초를 서고 있던 덕보라는 청년은 일 년은 손질하지 않은 듯한 더벅머리에, 뭐가 그리 좋은지 항상 싱글벙글이었다. 키가 작은 덕보에게 장총은 버거워 보였다. 하지만 총 있는 사람이 진짜 빨치산이라며 틈만 나면 총을 손질하며 자랑스러워했다. 입담도 좋고, 궂은일도 마다하지 않고 덤벼드는 성격 때문에 누구나 덕보를 좋아했다.

여남은 살 먹은 아이부터 정희 또래까지, 생각보다 많은 아이들이 옹기종기 모여 있었다. 이미 산 생활에 적응한 듯 편안해 보였다. 초라한 움막이었지만 온종일 살얼음판을 밟듯 긴장했던 정희는 눕자마자 어느새 잠이 들었다. 김선숙은 잠든 정희를 보면서 무사히 지나간 하루에 감사했다. 하지만 내일부터 어떤 생활이 이어질지 쉽게 잠을 이룰 수 없었다.

빨치산은 별난 사람들이라고 생각했는데 평범한 이웃이었다. 이번 여순사건으로 영문도 모른 채 산으로 오른 사람을 시작으로 남편을 찾아 무작정 산으로 오른 이도 있었다. 농사 지을 땅을 빼앗겼거나, 머슴이었던 덕보까지, 저마다 사연 하나쯤은 품고 있었다.

빨치산의 생활은 만만치 않았다. 항상 배고픔에 굶주려야 했고, 무엇보다 살을 에는 듯한 추위는 큰 고통이었다. 엄마 품처럼 너그럽고 웅장한 모습을 갖춘 산이지만 그렇다고 만만한 곳도 아니었다. 밤이 되면 견디기 힘든 추위와 산짐승들 때문에 두렵다가도 낮이 되면 또 견딜만 했다.

그나마 산에서는 시간이 금방 간다는 것이 위로라면 위로였다. 정해진 시간대로 사상교육과 군사훈련을 받았다. 사상교육은 김호중과 김선숙 선생님이 맡아서 했는데, 김호중은 일본 유학까지 다녀온 엘리트였다. 레닌, 모택동 등 사상가들의 이야기를 시작으로 빨치산들이 사용하는 단어의 의미도 이해하기 쉽게 설명해 주었다.

"어찌께 하늘같은 선상님한티 동무라고 한다요? 우리 엄니가 뭐라 할 것인디."

홍수의 질문에 김호중은 호탕하게 웃으며 대답했다.

"우리가 하는 혁명사업 중 하나가 바로 인간 차별을 없애는 것이다. 양반과 천민, 더 나아가서는 지주와 소작농을 구분하지 않는 평등한 세상을 위해서 서로 동무라고 부르는 것이다. 이런 좋은 의미를 담고 있는 말이니 서로서로 동무라고 부르도록!"

"그라고 좋은 뜻인질 알았으믄 진작 쓸 것인디. 존경하는 선상님한티 하대하는 거 같아서 눈치만 보고 있었당께라."

"좋은 뜻잉께, 지도 인자 맘 편하게 선생님 동무라고 부를께라."

동무라는 단어에 담긴 의미를 알고부터 산사람들은 편하게 그 말을 즐겨 썼다.

빨치산들은 스스로 해결해야 할 일도 많았다. 겨울철 빨래는 곤욕스러운 일 중 하나였다. 언 손을 호호 불어 가며 빨래하는 정희에게 한 여자아이가 다가왔다. 좋은 빨래터 자리가 있다고 함께 가자고 했다. 열다섯 살

달래는 정희와 동갑내기였다. 달래는 불그스름한 뺨에 눈웃음을 치는 귀여운 인상이었다. 산에 올라온 지 석 달째라는 달래는 손 등이 갈라져서 군데군데 피가 나고 있었다.

"손이 다 텄네. 찬물 대믄 아플 것인디."

"아물었다가도 찬물 쓸 일이 있응께, 잘 안 낫구만."

아버지를 찾기 위해 엄마와 동생 홍수와 함께 입산한 달래는 눈웃음치는 모습이 똑 닮아서 가족이 누구인지 금방 알 수 있었다. 지리산에 아빠가 있다는 것을 확인했지만, 아직 만나지 못했다는 달래네는 내려가도 위험한 상황이라 결국 산에 눌러앉게 되었다.

달래는 빨치산의 가수로 통했다. 사람들은 틈만 나면 달래에게 노래를 청했다. 조용하고 수줍음이 많은 달래는 노래를 부를 때는 딴사람이었다. 기나긴 겨울밤 달래의 노래는 산사람을 위로해 주는 큰 힘이었다. 달래의 노래가 시작되면 사람들은 각자 고향으로 여행을 떠났다. 정희는 숙자 이모와 동수 그리고 여우고개에서 내려다본 바닷가가 못 견디게 그리웠다. 그렇게 달래의 노래에 취해 배고픔과 추위를 잊은 채 고향에 대한 향수를 달랬다.

학교 문턱도 밟아 보지 못했다는 달래는, 한번 들은 노래는 그대로 따라 부르는 능력자였다. 달래의 노래를 듣다가 산에 올 때 챙겨 온 「부용산」 악보가 떠올랐다. 난생처음 보는 악보에 달래는 감격스러워했다. 「부용산」에 얽힌 사연을 들은 달래는 노래를 가르쳐 달라고 했다.

정희는 그날부터 오선지에 음계를 그려 가며 도레미파솔라시도를 가르쳤다. 음계가 노래가 되는 과정을 보며 아기처럼 좋아하던 달래는 틈만

나면 언 땅에 오선지를 그려 가며 음계 연습을 했다. 홍수는 누나 옆에서 한글 연습이 한창이었다. 뭐든지 잘하는 누나가 부러우면서도 까막눈이던 누나가 한글이며 음계를 익히는 것이 자랑스러웠다.

달래는 학교 이야기 듣는 것을 좋아했다. 예술제 이야기에 푹 빠진 달래는 정희와 함께 무대에 서서 노래하는 상상에 빠지곤 했다. 달래는 「부용산」 악보를 보물처럼 애지중지 다뤘다. 언제 공격을 받을지 모른다며 치마 속주머니에 악보를 넣고 다닐 정도였다.

달래는 정희가 부른 「부용산」을 한번 듣고, 멋들어지게 따라 불렀다. 배꼽바위 부대에 「부용산」 노래가 처음 울려 퍼진 날, 여기저기서 훌쩍거리는 소리가 들렸다. 사람들은 노랫말이 자기 이야기 같다며 한마디씩 했다.

솔밭 사이 사이로
회오리바람 타고
간다는 말 한마디 없이
너만 가고 말았구나~

"근디 뭔 놈의 노래가 이렇게 구슬프다냐?"

"그랑께, 우리 식구들한티 간다는 말 한마디 못하고 산으로 와브렀응께. 내 이야긴 줄 알고 깜짝 놀랬당께."

"자네도 그랬는가?"

"야… 나 땜시 우리 엄매랑 마누라 끌려가서 고초당하는 악몽 좀 그만 꿨으믄 좋겄소."

"긍께, 우리 엄매도 어쩌고 계신가 나도 맨날 그 생각이시."
그때 덕보가 노래 한 소절을 따라 불렀다.

　　피어나지 못한 채 병든 장미는 시들어지고~

"아이고, 우리 덕보 노래도 영판 잘 하시."
"우리 엄매야말로 징허게 고생만 하다가 제대로 피지도 못하고, 시름시름 앓다가 저세상으로 가 버렸응께라. 우리 엄매 야기 같아서……."
덕보는 엄마 생각에 말을 제대로 잇지 못했다. 항상 웃는 낯인 덕보에게 한으로 남은 엄마였다. 그는 「부용산」을 부르며 애틋한 엄마를 맘껏 그리워했다. 누이와 제자의 안타까운 죽음을 애도하며 만든 노래 「부용산」은 빨치산들의 아픔과 그리움을 달래 주는 노래로 새롭게 태어나고 있었다.

　정희는 산 생활에 조금씩 적응하며 16살을 맞이했다. 서러움 중에 못 먹는 서러움이 제일 크다지만 산에서 제일 곤욕인 것은 추위였다. 추운 겨울 동안 동상에 걸려 발가락이 썩는 사람들도 있었다. 그러함에도 불구하고 불안한 시국을 반영하듯 입산자들은 계속 늘어났다. 입산자들이 늘면서 부대 이동이 생겼다. 화순 백아산 부대로 옮겨 갈 사람을 발표했는데 그곳에 김선숙 선생님이 포함되었다. 당황한 선생님은 정희와 같이 갈 수 있게 해달라고 사정했지만 당의 명령을 번복할 수 없다는 답만 돌아왔다. 다시 외톨이가 된 것 같아 정희도 불안하기는 마찬가지였다. 김선숙과 정희의 상황을 아는 김호중은 가운데서 애를 썼지만 결과는 바뀌지 않았다. 그나마 김선숙에게 위로 아닌 위로라면 백아산보다 지금 이곳이 더 안전하다는 것이었다.

얼마나 더 많은 만남과 헤어짐을 겪어야 할까? 믿고 의지하던 김선숙 선생님과의 이별은 정희에게 마지막 남은 동아줄을 놓치는 기분이었다. 김호중은 곧 다시 만나게 될 거라고 했지만 빨치산들에게 내일은 항상 불투명했다. 애써 웃음 지으며 떠나는 선생님을 보면서 정희는 눈물을 훔쳤다. 온종일 배고픔과 추위와 싸우다 보면 선생님이 더 그리웠다. 그나마 달래가 있어서 산 생활을 버틸 수 있었다.

빨치산들은 긴 겨우살이에 굶는 날도 많았다. 마을에서 식량을 구해오기도 했지만, 대장은 마을 사람들에게 인심을 잃으면 곤란하다며 음식을 훔쳐오지 못하도록 엄명을 내렸다. 음식을 훔쳐왔던 남자 대원들은 대장의 명령 때문에 장작을 패거나 산짐승을 잡아서 마을에 내려가 곡식과 바꿔 오기도 했다.

배고플 때마다 아이들은 하는 놀이가 있었다. 공갈 음식 먹기인데 그중에서 쌀밥 먹는 놀이가 제일이었다.

"쌀밥은 먹는 순서가 중요한디, 먼저, 먹기 전에 코를 씰룩쌜룩함시롱 냄시부터 맡는 것이 윤기가 좌르르 흐르는 쌀밥에 대한 예의구만."

"모르는 소리하고 자빠졌네. 그것보다 먼저 하는 것이 있당께."

"그것이 뭐신디?"

"우리 고향에서는 쌀밥을 먹을 때 냄시보다 물꽉이여! 먼저 물꽉을 꽉 끓고, 쌀밥에서 올라오는 고소함시롱 달짝지근한 냄시를 맡아야제."

야무진 홍수의 말에 모두 동의한다는 듯 고개를 끄덕였다.

홍수가 공갈 밥을 떠서 누나에게 권하자, 달래는 홍수부터 먹으라며 양보했다. 홍수는 쩝쩝 소리를 내며 쌀밥 먹는 시늉을 했다. 아이들은 군침을 삼키며 공갈 밥 먹는 홍수를 부러운 듯 바라보았다. 그러다 보면 하늘이 노래지면서 배가 더 고파지는데도 아이들은 틈만 나면 공갈 밥 먹기 놀이를 했다.

그 당시 대장은 깊은 고민에 빠져 있었다. 달래 엄마의 동상이 심해지면서 발가락이 썩기 시작했기 때문이다. 회의 끝에 결국, 고향으로 돌아가 치료를 받기로 했다. 하지만 달래 엄마는 내려가 봤자 죽은 목숨이라며, 다리 병신이 되어도 좋으니 밑에 마을에서 치료를 받게 해 달라고 애원했다. 고향에선 이미 빨치산이라고 소문이 나서 어차피 목숨을 부지하기 힘들다는 것이었다. 달래 엄마의 말도 맞지만, 경찰과 군인이 수시로 마을에 드나들 뿐만 아니라, 가난한 산골 마을에서 아픈 사람을 맡아 줄 것 같지 않아 대장의 한숨은 깊어만 갔다.

아픈 엄마를 도울 길이 없어 애달파하는 달래를 보자 설희 언니 생각이 났다. 여우를 꼭 사람으로 만들어 주고 싶어 했던 설희 언니. 그 안쓰러운 마음이 떠올라 코끝이 매워졌다. 정희는 동상에 좋다는 약초라도 구해 보자고 달래를 위로했다.

다음 날 아침 웅성거리는 소리에 잠에서 깬 정희는 신기한 광경에 눈이 휘둥그레졌다. 대장의 천막 앞에 멧돼지와 여러 마리의 노루와 토끼가 나란히 놓여 있었다. 더 놀라운 것은 집채만 한 멧돼지의 크기였다. 누가 이렇게 덩치 큰 멧돼지를 잡아서 갖다 놓은 것인지 의견이 분분했다. 사냥

꾼일 거라는 사람이 가장 많았지만, 화살이나 총 맞은 흔적이 없다는 의견이 제기됐다. 무엇보다 밤에 멧돼지의 울부짖는 소리를 들었다는 사람도 없었다. 그때 사람이 아닐 수도 있다는 개똥이 아저씨 의견에 힘이 실렸다. 한쪽에서는 이미 하늘이 내려 준 선물이라며 하늘을 향해 큰절을 올리는 사람도 있었다. 정희는 가슴이 쿵쾅거리기 시작했다. 혹시나 하는 마음에 여우의 흔적을 찾느라 주변을 두리번거렸다.

'언니, 언니제?'

정희는 우리 언니가 준 선물이라고 사람들에게 외치고 싶은 것을 꾹 참았다.

빨치산들은 결국 하늘이 내려 준 음식이라고 결론짓고 오랜만에 마음껏 배를 채웠다. 멧돼지 사건은 빨치산들에게 두고두고 큰 화젯거리였다. 빨치산들이 잔치를 벌이는 사이 대장은 덕보와 함께 고기를 가지고 마을로 내려갔다. 그리고 달래 엄마를 돌봐 줄 사람을 찾았다는 반가운 소식을 가져왔다. 대장은 달래 엄마를 업고 덕보와 함께 곧바로 마을로 내려갔다.

달래와 홍수는 배꼽바위에서 엄마가 사라질 때까지 지켜보았다. 엄마가 치료를 받게 돼서 좋아하면서도 가족과 또 이별해야 하는 홍수는 누나품에 안겨 울고 있었다. 곁에 서 있던 정희는 엄마를 땅에 묻으며 맞았던 칼바람이 생각났다. 칼바람에도 온기가 있듯이 이곳 산에도, 달래에게도 따뜻한 봄날이 오길 간절히 빌었다.

겨울이 깊어지면서 토벌대와의 교전도 자주 벌어졌다. 빨치산 부대는 밤에 마을의 관공서나 경찰서를 기습 공격했고, 낮에는 반대로 토벌대의 공격이 이어졌다. 교전이 일어나면 아이들은 미리 파 놓은 참호 속으로 재빨리 몸을 숨겼다. 교전이 길어지면 마을의 돌담을 사이에 두고 토벌대와 빨치산 부대의 눈치싸움이 시작되었다. 대장은 총알을 아끼느라 시간을 벌면서 토벌대의 약을 살살 올려 내려보내곤 했다. 토벌대의 약 올리기는 개똥이 아저씨 담당이었다. 동학운동을 했던 할아버지와 아버지를 자랑스러워 하는 개똥이 아저씨는 뛰어난 전략가이자 지략가였다.

"산 추위가 뭔지도 모른 것들이 밤 되기 전에 싸게 내려가라잉. 거시기도 얼어부는 추운께 조심들 하고 잉."

"야, 이 모지리들아! 그렇게 뭐할라고 이 추위에 생고생이냐! 처자식 기다리는 따뜻한 집으로 가게 싸게싸게 항복하고 나와라!"

"와따메, 모지리는 거기 있구만. 나라에서 땅도 빼앗아불고 먹고살 것이 있어야 갈 거 아니냐! 느그들이나 싸게싸게 내려가라잉."

이야기를 주거니 받거니 해도 토벌대가 물러나지 않자, 대장은 다시 공격하기 위해 토벌대의 숫자가 어느 정도인지 확인 작업에 들어갔다. 대장이 잘 쓰는 방법으로 노래를 부르면서 상대병력을 짐작하는 것이다. 빨치산이 선창하면 토벌대도 이에 질세라 큰소리로 노래를 따라 불렀다. 이때 노랫소리로 병사의 수를 헤아렸다. 뭐든지 부족한 빨치산들이 고안해 낸 총알을 아끼는 방법이었다. 대장은 대원들이 많은 것처럼 보이기 위해 이중창으로 노래를 부르게 했다. 토벌대의 「목포의 눈물」을 다 들은 정 일 대장은 철 지난 노래 대신 최신곡을 가르쳐주겠다고 큰소리쳤다.

"산에 온 기념으로 형님이 노래 한 곡 들려줄 것잉께, 잘 부르믄 박수나

치고 얼른 내려가라잉."

대장의 신호에, 달래의 노래가 시작되었다. 일순간 주변이 고요해졌다. 교전 때문에 꼭꼭 숨어 있던 마을 사람들도 애절한 노랫가락에 취해 홀린 듯 하나둘씩 고개를 내밀기 시작했다.

'간다는 말 한마디 없이 너는 가고 말았구나~
부용산 오릿길에 하늘만 푸르러 푸르러~'

절정 부분에 이르자 사방은 쥐 죽은 듯이 고요해졌다. 노래가 끝나자, 토벌대 쪽에서 먼저 박수 소리가 들려왔다. 마을 사람들도 힘찬 박수를 보냈다.

수많은 사람이 이별하고, 다치고, 헤어지고, 죽음으로 맞서 싸우고, 아무리 애써도 안 되던 일……. 좌와 우로 편을 나누면서 절대 하나가 될 수 없었던 그 일이 한 곡의 노래로 이뤄지는 순간이었다. 빨치산, 토벌대, 마을 사람들까지 노래의 여운을 느끼며 벅찬 마음을 나누었다. 누가 뭐래도 그 순간, 그곳에 있는 사람들은 모두 하나였다.

"나는 광양지구 사령관 오동섭 중위다. 노래 잘 들었다! 그런 재주를 뽐낼 수 있게 얼른 자수하길 바란다. 자수하면 내 이름을 걸고 집으로 그냥 돌아가게 해 주겠다."

"오동섭 중위님! 말은 고마운디라 입은 삐뚤어졌어도 말은 바로 해야지라. 우리가 먼 잘못을 했다고 자수를 하라고 그래썼소."

"우리 사령관님이 봐준다고 할 때 싸게싸게 집에 가자잉! 산에서 생고

생하지 말고 집에 가믄 김이 모락모락 나는 밥도 먹을 수 있당께, 그라고 너희들이 이런다고 세상 안 바뀌는 거 모르냐? 이 멍청한 빨갱이들아!"

"멍청이는 느그들이제. 그라고 모지리들아, 우리가 잘 살라고 이 생고생 한다냐! 우리 새끼들이라도 천한 신분이라고 업신여김당하지 말라고 그라는 것이제! 알겠냐? 오늘은 노래까지 들려 줬응께, 형님 말 잘 새겨듣고 싸게싸게 내려가라잉."

그날 밤 토벌대는 더 이상의 교전 없이 하산했다. 토벌대가 내려가자 빨치산들은 환호성을 지르며 온 세상을 얻은 것처럼 기뻐했다.

정희는 입산한 뒤 처음으로 알 것 같았다. 빨치산들이 무엇 때문에 살인적인 추위와 배고픔을 참아가며 이 고생을 하는지……. 대장 말처럼 산에서 이름 없이 죽어간 수많은 영혼은 반드시 누군가에게 전해진다는 말이 실감 났다. 그들처럼 더 나은 세상을 만들고 싶다는 의지가 어느새 정희의 가슴 한구석에서 피어나고 있었다.

그날 밤이 깊도록 빨치산들은 「부용산」 노래를 흥얼거리며 하나 된 감흥을 만끽했다. 정희는 별이 쏟아질 것 같은 밤하늘을 올려다보았다.

'언니, 보고 있제? 「부용산」 참말로 자랑스럽구만.'

별빛과 함께 설희 언니도 하늘에서 활짝 웃고 있었다.

밤새 내린 눈으로 백운산은 완전히 딴 세상으로 변해 있었다. 새하얗게 변한 산봉우리는 태곳적 어느 마을로 안내하는 듯했다. 계곡물 소리도 유난히 더 맑게 들렸다. 토벌대의 공격이 잦아지면서 비상태세를 갖추고 있었지만, 아이들은 그 속에서 자기들만의 세상을 즐기고 있었다.

아이들은 대장의 허락을 받고 오랜만에 토끼 사냥에 나섰다. 홍수는 토끼몰이 선수였다. 토끼는 처음에 있던 곳으로 돌아오는 성질이 있어서 그물을 처넣고 기다리면 반드시 나타났다. 토기가 모습을 드러내자, 홍수와 몇몇 아이들이 그물이 있는 곳으로 토끼를 몰아갔다. 그물 안으로 토끼가 들어가자, 나무 아래서 숨죽이며 지켜보던 정희와 달래는 환호성을 질렀다. 그때 어디선가 '탕' 하는 총소리가 들렸다. 모두 순간적으로 바닥에 엎드렸다. 고개를 들어보니 누군가 눈밭에 쓰러져 있었다. 하얀 눈 위로 붉은 피가 선명했다. 홍수였다.

"홍수야!"

달래의 외침에 정희가 있는 쪽으로 총알이 날아들었다. 토벌대의 기습 공격이었다. 정희는 달래를 붙잡고 엎드렸다. 정신을 차려 보니 정희는 달래 손을 꼭 잡은 채 나무 뒤에 숨어 있었다. 사방경계 훈련을 받았지만, 아무것도 생각나지 않았다.

두 사람이 숨어 있는 나무쪽으로 힘껏 달려온 덕보는 총을 건넸다. 우레같은 총탄 소리에 귀를 막고 있는 정희에게 덕보는 정신 차리라고 소리를 질러댔다. 총이 의미 없다고 생각한 덕보는 정찰대도 당하고, 토벌대 숫자도 엄청나다며 숲속의 비트를 찾아 숨으라고 했다. 정희와 달래는 덕보가 시킨대로 하나, 둘, 셋을 외치자 숲 쪽으로 정신없이 뛰었다. 뒤도 돌아보지 않고 한참을 뛰어도 총소리가 들려왔다. 총소리가 멀어지자, 그제야 눈밭에 털썩 주저앉았다. 달래는 사시나무 떨듯 몸을 부르르 떨었다. 넋이 나간 듯한 달래는 홍수 이름을 애타게 부르더니 눈밭에 벌러덩 쓰러졌다. 정희는 두 손으로 달래의 볼을 비비며 온기를 전했다. 눈 덩어리를 뭉쳐서 달래의 입에 집어넣자, 정신이 드는지 살포시 눈을 떴다.

"달래야, 정신 드냐?"

고개를 끄덕이는 달래를 꼭 껴안았다.

겨울의 어둠은 빨리 내렸다. 쓰러지다시피 한 달래를 부축하며 정희는 무작정 걸었다. 어둠 때문인지, 두려움 때문인지 아무것도 보이지 않았다. 비트는커녕 사방천지 눈밖에 없었다. 날이 어두워지면서 눈보라까지 몰아쳐 눈을 뜨는 것조차 힘들었다. 달래와 함께 눈밭에 쓰러진 정희는 '이대로 죽는구나!'라고 생각했다. 정희는 죽기 전에 언니 이름이라도 목청껏 불러 보고 싶었다.

"언니! 설희 언니!"

소리 내면 안 된다는 교육을 수없이 받았지만, 모든 것이 부질없게 느껴졌다.

"엄마! 언니!"

다시 메아리쳐 돌아오는 소리가 대답처럼 들렸다.

"어디 있는 거여?"

사방에 내려앉은 어둠과 추위는 공포 그 자체였다.

"설희 언니! 엄마!"

울부짖는 정희의 소리가 온 산에 울려 퍼졌다.

환한 불빛에 살며시 눈을 떴다. 눈을 뜬 정희는 눈앞에 전등을 보고 벌떡 일어났다. 그런데 생각처럼 몸이 움직여지지 않았다. 두 팔이 의자에 묶여 있었다. 주변을 둘러보니 어두컴컴한 벽에 긴 줄과 날카로운 기구들

이 걸려 있었다. 오싹한 기운과 함께 엄마를 따라 장터에서 본 도살장이
생각났다.

"뭣 잠을 그렇게 자냐? 인자 정신이 드냐?"

놀란 정희는 소리 나는 쪽으로 고개를 돌렸다. 짙은 눈썹과 부리부리한
큰 눈이 부엉이를 연상케 했다.

"귀신 아닝께 놀랄 거 없고, 묻는 말에 대답만 잘 하믄 된께, 시작해 보
자잉."

"그, 근디 여기는… 지 혼자 왔을까라?"

"응, 달래 말이제? 친구도 같이 구해왔웅께, 걱정말고."

어디선가 강렬한 외침이 들렸다. 달래 목소리였다. 반가움과 두려움에
눈물이 쏟아졌다. 순식간에 상황 파악이 되었다.

"우는 가시내는 딱 질색이다. 묻는 말에 대답만 잘 하믄 바로 풀어줄 것
잉께, 대답 잘 허라잉."

아무 말이 없자, 부엉이처럼 생긴 경찰은 채찍을 책상에 내리쳤다.

"대답!"

"야."

"시작한다. 묻는 말에 '예, 아니요'라고만 한다."

또다시 대답이 없자, 다시 채찍으로 책상을 내리쳤다.

"대답!"

"야!"

"이름 김정희?"

"야."

"목포 항도여중생 맞제?"

"야."

"「부용산」 노래로 사상교육 지령받은 거 맞제?"

"야? 그것이 아니라, 뭐시냐."

고문관은 정희 뺨을 사정없이 때렸다.

"'예, 아니요'라고만 대답한다!"

"야!"

"김선숙 선생님과 함께 세포로 활동했제?"

"야? 그것이 아니라."

또다시 얼굴에 불이 났다.

"'예, 아니요'라고만 대답한다!"

"야."

"안성현 선생한티 사주받고 노래 전파시켰제?"

"아니구만요. 사주는 말도 안 되고라."

"이년 안 되겠구만. 다시 묻는다! 안성현 선생한티 사주받고 「부용산」 노래 전파시켰제?"

"아니라."

"박기동 선생이 수업 시간에 공산주의자 옹호한 적 있제?"

"아니라."

"야, 너 죽고 싶어!"

"아니랑께라."

정희는 답답한 마음에 사납게 대꾸했다. 부엉이 경찰은 '얍'이라는 기합

소리와 함께 채찍으로 정희의 등을 내리쳤다. 정희는 그대로 쓰러지면서 정신을 잃었다. 정신을 차려 보니 정희 앞에 달래가 앉아 있었다.

"달래야, 달래야, 괜찮허냐?"

"어엉, 정희야 미안하다… 내가 다 불었당께."

"뭐슬 불어?"

그때 부엉이 경찰이 정희 앞에 종이 한 장을 내밀었다. 달래가 치마폭에 소중하게 간직했던 「부용산」 악보였다.

"달래가 다 불었응께, 허튼짓하지 말고 빨리 끝내자. 우리 지친거 보이제?"

부엉이 경찰관 옆에 임 순경이라는 자가 한마디 보탰다.

"우리는 애들은 안 때릴라고 하는디, 자꾸 거짓말하믄 느그들 재판도 받아야 하고 더 힘들어진께 솔직히 말혀라잉."

"달래야, 아까침에 말한 것이랑 똑같이 니 친구한티 말혀 줘라."

겁에 잔뜩 질려 있는 달래의 눈이 울고 있었다.

"좋은 말 할 때 얼른 해라잉."

"야야, 니가 준 이 악보… 기억나제? 까막눈인 나한테 악보 보는 법 가르쳐 준다고 함시롱 노래 부르게 하고… 김선숙 동무랑… 빨치산 교육시키믄서 「부용산」 노래 전파시키라고 한 거… 다 말했구만."

달래의 엉터리 이야기에 정희는 헛웃음이 나왔다.

"미안하구먼. 참말로 미안하구먼."

"김정희! 잘 들어. 음악 선생님이자 작곡가 안성현 도주 중. 시를 쓴 박기동은 광주 교도소에 수감 중. 김선숙, 김호중과 세포로 활동하다 지령

받고 함께 입산해서 빨갱이들헌티 노래 전파! 달래를 포섭한 후, 악보를 선물하는 등 치밀한 계획으로 빨치산에게 노래 「부용산」을 전파시키며 사상교육을 함. 이상!"

"그것이 아니랑께라. 내 말도 들어야지라."

"워따 야 좀 보소! 따지는 것이 딱 빨갱이네, 들어보나 마나 뻔하제."

"달래야, 니 그때 내 야그 듣고 노래 만드신 선생님이 참말로 존경스럽다고 만나고 잡다는 얘기까지 해놓고 어째 그라냐? 나는 괜찮은디, 억울한 우리 언니랑 선생님은……."

언니와 선생님을 생각하자 정희는 눈물이 핑 돌면서 말문이 막혔다.

"김정희, 여기 봐! '너만 가고 말았구나'는 입산을 의미하는 거 맞제? 그라고 '병든 장미는 시들어지고', 장미는 붉은색 즉 빨갱이, 딱 봐도 빨갱이 노랜지 알것는디 딴소리여!"

"참말로, 그것이 아니라… 샘들이 죽은 누이랑 우리 언니의 죽음이 하도 맘 아파서 만든 노래랑께라. 목포 가서 물어보믄 바로 알 것인디."

다시 채찍이 날아왔다.

"으흐… 으흐흐….'"

정희는 말을 하려다 울부짖었다. 무슨 말을 해도 받아들여지지 않을 분위기였다. 「부용산」은 어느새 사상가가 되어 있었다. 답답하고 억울한 마음에 세상이 떠나가라 소리를 질렀다. 부엉이 경찰이 다시 채찍을 휘둘렀다. 쫙 소리와 함께 정희의 옷과 살이 찢어졌다.

"이참에 공산당 뿌리를 뽑을 것이여! 어째서 하고 많은 곳 중에 하필 백운산에 전남도당을 차려갖고, 온 동네 사람들 웬수를 만들고, 벌집 쑤시대

끼 쑤셔댐시롱 밤낮없이 쎄빠지게 고생시키는가 몰라. 이놈의 빨갱이들 내가 이번에 씨를 말릴 것잉께, 미꾸라지맨키로 빠져나갈 생각 하지도 말어!"

"빨갱이 아니랑께라. 진짜로 그랑께…."

또 말을 하려다 보니 억울함이 치밀어 올라 정희는 울부짖었다.

"발악하는 뽄새가 딱 빨갱이구만! 빨갱이라고 실토해. 이 독한 년아!"

정희는 채찍을 맞으며 정신을 잃었다.

6장
여우야! 여우야!

정희는 어두컴컴한 구치소에 누워 천장을 바라보며 어떤 상황인지 하나씩 따져 보았다. 그렇다면 달래는 어떻게 되는 걸까? 달래는 정말 빨치산에 포섭당한 희생양이란 말인가? 빨치산의 노래라니……. 사람에게 운명이 있듯이 노래에도 운명이 있는 것일까? 아니면 동수 아버지 말대로 시대를 잘못 타고 태어난 것일까? 대장님이랑 김호중 선생님, 그리고 산사람들은 살아 있을까? 김선숙 선생님은 안전한 것일까? 나는 앞으로 어떻게 되는 것일까? 끝없이 밀려드는 생각으로 혼란스러웠다.

"김정희, 나와!"

거친 경찰의 목소리에 놀란 정희는 벌떡 일어났다. 유치장을 지나 옆 건물로 들어섰다. 벽돌로 지어진 고풍스러운 건물이었다. 경찰서의 관사로 쓰던 곳인데 현재는 계엄군의 임시 사무실로 사용하고 있었다. 첫 번째 문 앞에 경찰이 멈춰 서자, 정희는 문을 열고 안으로 들어섰다. 사무실에는 책상과 의자만 덩그러니 놓여 있었다. 그곳에 경찰이 아닌 군복을 입은 사람이 앉아 있었다. 인기척을 느낀 군인은 놀란 눈으로 정희를 바라보더니 경찰에게 옷 한 벌을 가져오라고 지시했다. 어깻죽지를 맞을 때 옷이 찢어진 데다 피가 엉겨 붙어서 몰골이 말이 아니었다. 정희는 움직일 때마다 온몸이 깨질 듯이 아팠다.

"여기 앉도록."

정희는 자리에 앉으며 누구인지 생각해 봤지만, 도통 감이 잡히지 않았다.

"고문하려고 부른 거 아니니 겁낼 것 없다. 나는 오동섭 중위라고 한다."

오동섭 중위? 생각났다. 달래가 노래를 부르던 날, 자수하면 바로 집으로 보내 주겠다던 토벌대 사령관이었다. 얼굴은 못 봤지만 이름은 정확히 기억하고 있었다.

"노래 불렀던 날, 거기 있었던 거 맞나?"

또 고문받을 거라는 생각에 바짝 긴장했던 정희는, 부드러운 오 중위의 말투에 마음이 놓였다.

"조사받은 내용 봤는데, 빨치산이 된 진짜 이유가 뭐지?"

"산에서 살믄 다 빨갱이단가요?"

당당한 정희의 대답에 오 중위는 삐죽 웃음이 나왔다.

"그럼 왜 산에 들어가 있었나?"

"여수에서 일이 터짐시롱 한밤중에 엄마를 불순분자라고 끌고 가블고, 날마다 쫓아다녀도 얼굴 한 번 안 보여 주더니 처형을 당했구만요. 그란디 그것이 끝이 아니고, 동네 사람들은 사상범 자숙이라고 멀리하고, 지 사정을 잘 아는 김선숙 선생님이 혼자됐다는 소식을 듣고 찾아와서 함께 산으로 오게 됐구만이라."

"김선숙 선생님도 지명 수배 중이던데?"

"선생님이나 우리 엄마는 북으로 간 가족 땜시 항상 피해를 입었응께라. 빨갱이여서 산으로 간 것이 아니라, 빨갱이로 몬께 산으로 간 것이제라. 우리 선생님이 죄가 있어서 그런 것이 아니고 선생님 오라버니가 월북해서 이유도 없이 잡혀가고 그랬구만이라."

야무지게 말하는 정희의 말에, 오동섭은 할 말을 잃은 듯 잠시 머뭇거리다가「부용산」을 왜 빨치산들에게 가르쳤냐고 물었다. 박기동과 안성현 선생님의 사연부터, 설희 언니 이야기까지 들려주며 달래에게 노래를 가르쳐 주게 되었다고 하자, 오 중위는 또다시 말이 없었다.

"밥은 먹었나?"

정희는 고개를 좌우로 흔들었다.

"이 새끼들이 진짜 사람을 죽이려고 작정을 했군."

그는 혼잣말처럼 중얼거리며 자리에서 일어났다. 얼마 후, 잘게 썬 무 몇 조각이 든 소금국에 콩밥이 나왔다. 막상 음식을 보자 허기가 졌다. 정희는 허겁지겁 밥을 해치웠다.

오 중위는 화가 치밀 대로 치밀어 올랐다. 계엄령이 선포되고 광양지역 사령관으로 내려온 지 3개월이 지났지만 난감할 때가 한두 번이 아니었다. 며칠 전 군사 지원을 하러 순천에 간 사이에 광양경찰서장은 제보가 들어왔다며 토벌대와 함께 배꼽바위 부대를 기습 공격한 것이다. 목숨을 잃은 경찰도 경찰이지만, 중책들을 포섭하기 위해 공을 들이고 있던 오 중위는 빨치산들이 대부분 사살되었고, 여자아이 두 명만 잡혀 왔다는 보고를 받았다. 최두만 경찰 서장과 한바탕 한 뒤, 관련 보고서를 읽은 그는 뻔히 보이는 거짓말에 정희를 불러 직접 확인을 한 것이었다.

달래를 조사하면서 알게 된 「부용산」은 어느새 빨치산들의 정신교육강화를 위한 사상가로 둔갑해 있었다. 큰 실적을 거두지 못해 애가 닳았던 최두만 서장은 정희 아버지가 월북했다는 것과 「부용산」 노래에 관한 이야기를 듣고 한껏 고무되어 있었다.

결과에만 연연하다 보니, 군경과 서북청년단이 하나 되어 진압 작전을 펼쳐야 하는 상황에서 잦은 의견충돌로 불편한 일도 많았다. 밀어붙이기식 보고서임을 확신한 오 중위는 박동일 경장부터 찾았다. 오 중위가 사무실에 들어서자, 일제히 일어나 거수경례를 했다. 오 중위는 인사도 무시한 채 박 경장에게 물었다.

"단순히 한 사람 말만 듣고 이렇게 지령을 받은 것으로 몰아가도 되는 건가?"

"야, 지들은 갸들이 말 한대로 적었구만이라. 서장님도 별 말씀 없으셔서 올렸는데라."

오 중위는 박 경장을 경멸하듯 바라보고 그대로 서장실로 향했다. 화가 난 오 중위를 보자, 최두만 서장은 없던 여유까지 생기는 듯했다. 이미 짜 놓은 각본에 만족한 최 서장은 승진이나 포상을 기대하고 있었다.

"준수사항을 지키지 않으면 즉결처분이라는 거 모르십니까?"

최 서장은 능글맞게 말을 받아쳤다.

"끝난 일 갖고 어째 또 이라십니까? 제보가 들어왔고 사령관이 안 계시믄 그 다음 결정권자는 저 아닙니까! 그라고 빨갱이가 나 빨갱이라고 써 붙이고 다닌답니까? 김정희 아버지 김수환은 남로당 골수분자고, 안성현

과 김선숙은 지명수배 상태고, 작사한 선상까지 광주 교도소에 수감되고, 아귀가 딱딱 맞아 떨어지는디, 뭣이 잘못됐다고 그러십니까?"

　오 중위는 정확하고, 딱 부러지고, 면민들을 생각하는 마음도 딱히 나무랄 데가 없는 인물이었지만, 최 서장의 입장에서 오 중위는 한마디로 재수 없는 놈이었다. 민간인에게 조금이라도 피해가 되는 일이 생기면 즉결 처분을 내리는 통에 그동안 누려 왔던 혜택을 고스란히 내놓은 것은 물론, 열 살은 족히 어린 오 중위에게 하대할 수도 없었다. 게다가 항상 빳빳한 모습에 배알이 뒤틀릴 때도 많았다. 그런 오 중위가 흥분한 채 들어오는 모습을 보자, 최 서장은 왠지 모를 쾌감에 기분이 좋아진 것이다.

　"빨치산을 잡는 것도 중요하지만 무작정 몰아갈 것이 아니라, 진술서 쓸 기회라도 줘야 할 것 아닙니까?"

　두 사람 사이에 팽팽한 긴장감이 감돌았다.

　"그것은 모르는 소리랑께라. 갸들은 당연히 아니라고 할 것이고, 조사서 쓰믄 거짓말할 것이 뻔하고, 그라믄 또 그 어린 것을 고문해야 하고, 서로 힘 빼느니 생략한 것이제라. 그라고 산에서 잡혔는디 그것보다 더 정확한 증거가 어디 있다요?"

　"군력 지원으로 자리를 비운 사이 밤마다 면장, 지주들과 술판이 벌어졌다는 소문이 들리던데 아직 비상사태인거 모르십니까?"

　"참말로, 그것은 또 뭔 소리다요?"

　오 중위가 뚫어지게 쳐다보자, 최 서장은 먼저 시선을 피했다.

　"서장으로서 꼭 가야 하는 자린께, 지도 예의상 얼굴만 비추고 나온 것이지라."

"김정희에게 진술서 쓸 기회를 주시오."

　최 서장의 말은 듣고 싶지도 않다는 듯 자기 할 말만 남기고 가 버리는 오 중위를 보면서, 최 서장의 얼굴은 붉으락푸르락해졌다. 오 중위가 자리를 비운 사이, 성과를 내고 싶었던 최 서장은 무리해서 빨치산 토벌에 나섰다. 경찰과 토벌대원 세 명이 목숨을 잃었을 뿐만 아니라 생포하라는 명령과 달리 빨치산 중책들이 현장에서 사살되면서 체면이 말이 아니었다. 기고만장해 보이는 오 중위의 기를 팍 꺾고 싶은 마음에 의욕만 앞섰던 최 서장은 어떻게 해서든지 이야기를 만들어야 할 상황에 정희의 사연을 듣게 된 것이다. 큰 건수를 잡은 최 서장으로서 오 중위는 훼방꾼이나 다름없었다.

　오 중위의 말을 무시할 수 없었던 최 서장은 고민 끝에 박 경장을 불렀다. 진술서부터 쓰고, 고문을 해서라도 올린 보고서대로 시인하게 만들라는 말도 덧붙였다. 처음부터 다시 시작하라는 말에 박 경장은 박 경장대로 짜증이 났다. 임 순경은 그런 박 경장의 눈치를 보며 조사실로 뒤따라갔다.

　어두컴컴한 조사실로 다시 끌려온 정희는 끔찍한 고문이 다시 시작될 것 같아 몸에 힘이 잔뜩 들어갔다. 책상 위에는 채찍 대신 종이와 연필이 놓여 있었다. 박 경장은 부엉이 같은 큰 눈을 부라리며 태어나서 잡혀 온 순간까지 하나도 빠짐없이 모두 적으라고 했다. 갑자기 살아온 과정을 쓰라니 막막했다. 고문이 아니라 다행이라고 생각했지만, 박 경장이 지켜보는 앞에서 글을 쓴다는 것 자체가 또 다른 고문이었다.

　하루가 꼬박 걸려서 쓴 진술서를 박 경장은 읽지도 않고, 새로운 종이를 내밀었다. 그리고 처음부터 다시 쓰라고 했다. 혹시나 다르게 쓸까 하는 걱정 때문에 두 번째 진술서 쓰는 것이 더 곤욕이었다. 그렇게 두 번을 써 내자 박 경장은 진술서를 들고 자리에서 일어났다.

그날 밤, 박 경장은 평소 즐겨 먹는 비지탕에 탁주 한 잔을 걸치며 임 순경에게 푸념을 늘어놓았다.

"아니, 다 잡아 놓은 빨갱이를 어째 다시 조사하라고 지랄인가 몰라. 시엄씨가 둘인께 정신이 하나도 없구만."

술잔을 받고 있던 임 순경은,

"그래도 서울사람이라 그란가 서장님에 비하믄 양반이지라."

"요즘 시상에 양반, 상놈 같은 소리 하고 자빠졌네."

"동네 평판은 괜찮습디다마는."

박 경장의 못마땅한 눈빛을 의식한 임 순경은 이야기를 딴 데로 돌렸다.

"그랑께, 계엄령은 언제 풀릴란고, 얼른 가불믄 시원하겠는디."

"자네 오랜만에 옳은 말 한번 하네. 오 중위는 너무 대쪽 같고, 서장은 능글능글한데다 주색잡기를 좋아해서 배려브렀당께."

"그랑께. 저 짝 구례까지 소문이 쫙 났드만이라."

"그나저나 내가 빨갱이 잡아서 승진을 바라는 사람은 아니제만, 군인들 들어옴시롱 내 공은 말짱 도루묵 되블고, 서북청년단이 공은 다 가져가고. 빨갱이 씨를 말릴라고 하는디 그것도 잘 안되고, 맘은 맘대로 아프고, 참말로 재미가 하나도 없구만."

"경장님 맘은 알지만 살살하쇼. 마을 사람들하고 웬수 되는 거 금방잉께라."

"그랑께, 빨갱이들이 숨어 살믄서부터 하루도 조용할 날이 없응께. 그것도 속상하고 맘이 아픈디 임 순경 말마따나 서로 웬수까지 되블고……."

"그랑께, 광복도 했응께, 서로 좋게 지내도 시원찮을 판에 참말로 이것이 뭔일인가 모르겄소."

"시작이 있었응께, 끝도 있겄제. 두고봐라잉. 내가 빨갱이 손에 죽은 순하디 순한 우리 아부지 웬수는 꼭 갚아줄 것잉께."

"야, 그라고 구례 용호리 마을 야그 들었제라?"

"응, 어쩨 7대 독자가 빨갱이를 숨겨줘서, 쯧쯧."

"그 빨갱이가 삼촌이라는 말도 있고."

"그 어린 것이 뭔 죄가 있었어? 이런 분란을 만든 빨갱이들이 죄인이제."

"박 경장님, 그래서 하는 말인데라. 그 빨갱이 가시나는 뼛속까지 빨갱이인 것도 같고, 아닌 것도 같고, 감이 안 잡힌당께라."

"노래로 사상교육까지 할 맘 잡고 산에 왔는디 당연히 빨갱이제, 내일 조사서 읽어 보고 인자 족쳐보믄 뭣이 나와도 나올 것이여."

"그것이야, 우리가 갖다 붙인 것도 있응께 하는 말이제라."

박 경장은 들고 있던 숟가락으로 임 순경의 이마를 사정없이 때렸다.

"우리가 뭣을 갖다 붙여! 니는 다 좋은디 똥인지, 된장인지 못 가리는 그것이 문제여!"

"오메, 아퍼라!"

"시방 아픈 것이 문제여! 딱 보믄 빨갱이제."

임 순경은 아픈 이마를 감싼 채 화를 주체하지 못하는 박 경장에게 한마디 했다.

"와따메, 지는 박 경장님 같은 애국자가 아닝께 딱 봐도 모르당께라."

사명감이 투철한 박 경장은 임 순경의 애국자라는 말이 싫지 않았다. 애국자라는 그의 자부심은 어떻게 해서든지 정희가 빨치산임을 밝혀내겠다는 의지로 불타올랐다.

다음 날, 이른 아침 정희는 조사실로 다시 끌려갔다. 팔을 걷어붙이고 서 있는 박 경장의 눈매가 매서웠다. 임 순경도 함께였다.

"나는 니를 곱게 보내줄라고 했는디, 오 중위님이 절차대로 진술서 쓰고, 취조하라고 했응께, 내 원망은 말어라잉. 시작한다. 김정희! 솔직하니 야그하고 빨리 끝내자."

큰일을 앞둔 사람처럼 결의에 찬 박 경장의 눈빛이 정희를 더 두렵게 만들었다.

"아버지 김수환 월북하고 니 어매랑 같이 공산당 세포로 활동했지?"

"아니랑께라. 목포에 가서 물어보셔라. 지는 참말로 아버지 얼굴도 모르고, 연락이 끊어져서 엄마도 살았는지, 죽었는지 소식이라도 알았으믄 좋겠다고 항시 말했당께라. 참말이여라."

"그라믄 니 어매는 어째 총살을 당했을끄나?"

"아버지가 월북한 것 땜시 평생 고생하다가. 사상범 가족이라고 그렇게 됐구만이라."

"그람, 「부용산」 노래 빨치산들한테 퍼트리라고 지령 내린 사람이 누구
여?"

"진짜 그란거 아니랑께라. 글에도 썼는디."

"그라믄 뭐할라고 언제 죽을지도 모르는 산에 악보까정 쳐들고 왔을끄
나?"

"우리 언니를 위한 노랜께 나한티 얼마나 소중하겄소? 그것이 뭐시 잘
못이라고 그라요."

"이년이 진짜 안 되것구만. 임 순경, 시작해!"

임 순경은 정희 머리채를 사납게 낚아채더니 물속에 고개를 처박았다.
숨이 멎을 것 같아 정희는 발버둥쳤지만 임 순경의 힘에 눌려 고개를 들
수도 없었다.

"야, 이년아! 이것은 암 것도 아니여! 바른 대로 말혀라잉. 노래 전파 시
키라고 지령받고 산으로 올라온 거 맞지야? 누구한티 지령받았는지만 말
혀! 그것만 말하랑께. 박기동이여? 니 아부지여? 아니믄 김선숙이여?"

잠시 일으켜 세우더니 다시 물속으로 고개를 박았다. 정희의 앓는 소리
도 함께 묻혔다. 임 순경은 곧 숨이 넘어갈 것 같은 정희의 머리채를 다시
들어 올렸다. 너무 고통스러워서 그냥 이대로 죽고 싶다가도, 언니와 엄
마가 불순분자였다는 박 경장의 소리에 이를 앙다물며 정신을 놓지 않으
려고 안간힘을 썼다.

눈꽃처럼 희고 고왔던 설희 언니가 눈앞에 아른거렸다. 죽더라도 노래
「부용산」에 사상의 굴레를 씌울 수는 없었다. 시를 노래하고 온갖 세상 만

물을 사랑하는 법을 알려준 박기동 선생님에게 빨갱이라는 족쇄를 씌울 수는 없었다. 먼저 세상을 떠난 누이와 제자의 안타까운 죽음을 기리기 위한 노래를 만든 안성현 선생님, 그리고 목숨을 걸고 산으로 데려와 준 김선숙 선생님. 그들은 모두 인간답고 아름다운 세상을 꿈꾼 사람들이었을 뿐이다. 그래서 더더욱 거짓 고백을 할 수 없었다.

정희는 살점이 뜯겨 나가는 고통을 꾹 참았다. 고통에 정신이 혼미해지면서 언니와 엄마가 보였다. 정희는 두 사람을 번갈아 가며 애타게 불렀다. 정신을 잃으면 물세례가 쏟아졌다. 눈을 떠 보니 정희는 바닥에 널브러져 있었다. 생각처럼 몸이 움직여지지 않았다. 후르르 국물을 넘기는 소리가 들렸다. 박 경장과 임 순경은 조사실에서 밥을 먹고 있었다.

"저렇게 안 부는 거 보믄 빨갱이 아닌가 모르겠소."

박 경장이 숟가락을 들자, 임 순경은 재빨리 피했다.

"그렇게 말을 해도!"

"하도 안 분께 답답해서 하는 말이제라."

"저렇게 독한 년은 처음이구만. 대질 신문 준비해."

"지 소견으로는 정신을 잃음시롱 계속 언니 이름을 부른 거 본께, 참말로 언니를 위해서 지은 노래라는 생각이 들더랑께라."

박 경장은 임 순경이 피할 틈도 주지 않고 숟가락으로 이마를 사정없이 때렸다. 아픔을 참지 못하고 임 순경은 남북 난 이마를 두 손으로 감싼 채 몸부림을 쳤다.

"그랑께, 니가 아직도 순경을 달고 있는 것이여, 모질이 중에서도 상모질이!"

대질 신문이 시작되었다. 대질 신문은 가장 잔인하고 혹독한 고문 방법 중의 하나였다. 달래에게 시선을 보냈지만, 달래는 계속해서 정희의 시선을 외면했다.

"이야기가 틀리면 둘 다 맞는 것이여! 알겠제?"

"야."

달래는 기계적으로 바로 대답이 나왔다.

"진달래, 누가 노래를 가르쳐 줬제?"

"으으흐… 정희가라."

달래는 우는 것인지 말하는 것인지 잘 분간이 되지 않았다.

"김정희, 노래 가르쳐 준 거 맞제?"

"야."

"「부용산」 악보는 누가 줬제?"

"정희가 줬구만이라."

"「부용산」 악보 준 거 맞제?"

"야."

"정희는 왜 산에 왔다고 했제?"

"김선숙 동지를 따라서 왔다고 했구만이라."

"김정희! 김선숙 따라온 거 맞제?"

"야."

"사상교육은 누구한티 받았제?"

"김선숙 동지하고 김호중 동지한티 받았구만이라."

"김정희, 두 사람과 같이 입산한 거 맞제?"

"야."

"니한티 의도적으로 접근해서「부용산」노래로 빨치산 정신무장 시키라고 한 거 맞제?"

달래는 넋이 나간 듯 대답했다.

"야, 맞구만이라."

"달래야, 진달래! 정신 차려! 우리 학교 무대에서 같이 노래 부르는 거 상상하믄서 얼마나 행복해했는디, 기억 나제?"

"야, 김정희! 선동하지마. 이 독한 년, 사실대로 말해!"

"나는 다 해도 우리 언니 이름 더럽힐 순 없구만요!"

"그랴! 그 말이 또 나오나 보자! 임 순경, 둘 다 시작해."

달래의 손에 줄을 묶으려 하자, 달래는 두 손을 모아 싹싹 빌었다. 겁에 질린 달래를 보자 경찰 앞에서 당당했던 난영이가 떠올랐다. 정희는 어디서 그런 용기가 나왔는지 힘주어 말했다.

"뭐 땜시 그라는지 모르겠지만 지는 우리 엄마랑 언니, 두 번 죽이지는 않을 것이구만요. 그라고 그런 언니가 불쌍하다고 노래까지 지어 준 선생님들 욕되게 할 수 없당께라! 지는 여기서 죽는 한이 있어도 사실 아닌 것은 대답 안 할 것잉께, 달래 좀 그만 괴롭히랑께라."

"이년이 진짜 여가 어디라고 입을 함부로 놀려! 입 다물어. 이년아!"

정통으로 코를 맞은 정희는 코피가 비 오듯 쏟아졌다. 이성을 잃고 정희에게 주먹질하는 박 경장을 임 순경이 말렸다. 고문에 이골이 난 박 경장은 대질 신문을 해도 당당한 정희를 보자, 순순히 불지 않을 거라고 직감했다. 화를 주체하지 못한 박 경장은 정희를 향해 인정사정없이 주먹을

날렸다.

"니들 빨갱이들 땜시 평화롭던 우리 마을이 난장판이여! 평생 일만 하던 순하디 순한 우리 아부지도 죽었고, 마을 사람들은 웬수 되고, 우리 마을 살려야 된께, 얼른 끝내고 가라고 이년아!"

"그런 이유라믄 참말로 나한테 이러믄 안 되지라. 나는 빨갱이가 아니랑께라, 겁 주고 때리는 거 하나도 안 무서워라. 선생님들이 우리 위로해 줄라고 만든 노래라고 열 번도 더 말했구만이라. 그런 순수한 마음도 모르믄 사람이 아니제라! 그것도 모름시롱 어찌께 마을을 살린다고 난리다요!"

하얗게 질려 있는 박 경장의 얼굴에 정희는 침을 뱉었다. 그리고 정희는 아무것도 기억나지 않았다.

임 순경은 이미 취할 대로 취한 박 경장의 술주정을 받아 주고 있었다.

"임 순경, 니는 내가 얼마나 유능한 경찰, 아니 고문관인거 알제?"

"알지라알지라, 이 동네에서 그거 모르믄 간첩이지라. 독하기로 소문이 났는디."

"잉?"

"아니어라, 박 경장님 취했응께 인자 일어나시게라. 빨갱이 가시내가 한 말 한마디 갖고 어째 그라요? 참말로 박경장님답지 않게."

고개를 푹 숙인 박 경장은 갑자기 울기 시작했다.

"아따, 참말로 오늘 어째 그러실까? 사내대장부가 눈물을 보이고."

"그란디 그 독한 년이 한 말이 나는 어째 이렇게 가슴이 아프다냐… 으으으."

"뭔 말이라? 아따, 어째 울고 그라요."

"니도 들었지야? 그런 순수한 마음을 모르믄 사람도 아니라고, 그람시롱 뭘 마을을 살린다고 하냐고… 그 어린 년이 한 말이, 그란디… 그란디… 나는 어째 이렇게 가심이 아프다냐."

자신이 하는 일이 애국이라고 굳게 믿었던 박 경장은, 정희의 거침없는 말이 큰 충격이었다. 괴로워하는 박 경장 옆에서 임 순경은 술의 힘을 빌려 혼란스러운 세상을 맘껏 욕하며 그를 위로했다.

얇은 도포 한 장에 의지해 누워 있는 정희는 온몸에 한기가 돌았다. 그때 군의관이 들어왔다. 정희의 상태를 보고 오 중위가 의사를 보낸 것이다. 코뼈까지 부러져 얼굴이 심하게 부어 있는 정희를 본 오 중위는 최 서장과 담판을 지었다.

"최 서장님, 여기서 끝내시지요. 저번 진압 작전 때 산에서 「부용산」 노래를 들은 적이 있습니다. 어린 애한테 몹쓸 짓 그만하시죠."

"……."

"사상교육을 위해 만든 노래가 아니라, 애잔한 가사와 곡조 때문에 산에서 즐겨 부르게 된 것 뿐입니다. 사상교육용이라면 우리한테 들려줄 이유가 없지요. 김정희 아버지 김수환 이야기가 어디서도 나오지 않는 걸 보면 사망했을 가능성도 큽니다. 죄 없는 사람 그만 잡고 풀어 주시오. 그리고 얼마 전 체포된 김선숙과 박기동도 나온 게 없다는데, 아무리 비상시국이라지만 너무 하지 않습니까?"

"오 중위님이 모릉께 그라제, 그렇게 순수한 것들이 아니랑께라. 순했다가도 소작인들 살기 찬 눈빛으로 곡괭이 든 것을 안 봐서 하는 얘기제. 저 년도 마찬가지랑께라. 고문이라면 이골이 난 박 경장도 저렇게 독한 년은 처음 봤다고 혀를 내두르던디."

"소작인들도 죄를 뒤집어쓰고 궁지로 몰리니 그랬겠지요. 거의 죽기 직전이던데, 몸 상태는 보고 하는 얘깁니까?"

"아니, 나라를 위해서, 빨갱이 하나 고문하다 죽이는 것이 뭣이 문젭니까?"

"서장님! 빨갱이라는 단서 하나 정확히 잡아내지 못하고 밀어붙이니 하는 얘깁니다! 그러다 죽기라도 하면 서장님이 책임지겠습니까?"

"딱 봐도 빨갱인디, 배웠다는 사람이 그렇게 판단이 안 섭니까?"

"배운 사람보다 더 정확하고 이성적인 판단을 하는 사람은 정희 학생처럼 절박하고 절실한 상황에 놓인 사람들입니다. 김정희 학생, 빨갱이 아닙니다. 절박한 상황에 몰려서 살기 위해 산으로 숨어든 것뿐입니다."

"참말로 어째 다 된 밥에 재를 뿌리고 그란가 모르겠네."

"진짜 죽어야 내보내시겠습니까?"

"오 중위! 빨갱이를 너무 감싸는 것도 죄가 되는 세상이란 거 모르는가?"

화가 난 최 서장은 반말이 푹 나왔다.

"최 서장님! 저는 계엄군 사령관입니다."

더는 할 말을 찾지 못한 최 서장은 씩씩거리며 오 중위를 사납게 쳐다보았다.

아직도 정희의 얼굴과 몸에 멍이 가득했지만, 시간이 해결해 주는 것이 있듯이 정희의 몸도 조금씩 회복되어 갔다. 오 중위는 풀려나면 어디로 갈 것인지 물었다. 막상 풀려난다고 생각하니 정희는 어디로 가야 할지 고민이 되었다. 김선숙 선생님과 박기동 선생님이 광주 교도소에 있다는 말을 듣고 광주로 갈까도 생각했다. 사실 고향으로 가고 싶었지만, 도망치듯 빠져나온 이후로 숙자 이모와 동수는 어떻게 됐을지, 다시 마을로 가면 누가 자신을 보호해 줄지, 삼촌도 고초를 당할 만큼 당했을 거라고 생각이 들자 목포도 망설여졌다.

"갈 곳이 없군."

속마음을 들킨 것 같아 당황스러웠다.

"아니랑께라, 많아서 고민하고 있구만이라."

어딘지 말하라는 듯 오 중위는 정희를 빤히 바라보았다.

"우리 고향에 가믄 여우고개가 있는디라. 지금쯤이며 아지랑이도 피고, 봄 냄새가 가득할 것인디, 거기가 좋겄다 생각하고 있구만이라."

갑자기 여우고개가 튀어나와 정희는 말하면서도 스스로 놀랐다.

"여우고개에 집이 있나?"

"야, 지가 '여우야, 여우야' 하고 부르믄 우리 언니가 버선발로 뛰어나올 것이구만요."

"여우? 암호인가?"

"중위님은 몰라도 되는 그란게 있당께라. 사실 지가 아무한티도 야기 안 했는디, 오 중위님은 믿을 만하고 입이 무거운 군인잉께 말해 주는 것이구만요."

"걱정돼서 하는 말인데, 혹시… 아직도 아픈 데가 있나?"

심각하게 물어 오는 오 중위를 보면서 정희는 오랜만에 소녀처럼 깔깔대며 웃었다. 환하게 웃는 정희를 보면서 그도 활짝 웃었다.

"여우고개 가믄 우리 집이 있구만이라. 그랑께 걱정 안 하셔도 되라."

왜 갑자기 여우고개가 튀어나왔는지 정희도 모를 일이었다. 여우고개에 가면 언니를 만날 수 있을까? 정희는 여우 발자국을 발견한 날처럼 생각만으로도 괜스레 마음이 들떴다.

오 중위의 도움으로 정희와 달래는 풀려났다. 자유의 몸이 된 두 사람은 봄 내음에 마음도 한결 가벼워졌다. 누가 시키지 않았는데도 정희와 달래는 오 중위에게 큰절을 올렸다. 당황한 오 중위는 괜찮다고 했지만, 정희와 달래는 달리 고마움을 표현할 방법이 없었다. 오 중위는 정희에게 기회가 되면 공부를 계속하라는 말과 함께 달래에게는 노래로 밥은 굶지 않을 것이니 희망을 잃지 말라고 당부했다. 그리고 한사코 마다하는 정희와 달래의 손에 여비를 쥐어 주었다.

정희는 오 중위를 꼭 다시 만나고 싶었다. 지금은 보답할 것이 아무것도 없지만, 이 고마움을 언젠가 꼭 갚아주고 싶었다. 거수경례 후, 씩씩하게 걸어가는 오 중위는 정희에게 진짜 어른이었다.

둘만 남게 되자, 어색함이 몰려왔다. 달래는 정희 얼굴의 상처만 봐도 죄스러웠다. 얼굴도 제대로 들지 못하는 달래에게 어디로 갈 거냐고 물었다. 달래는 뜻밖에도 다시 산으로 간다고 했다. 엄마가 머물렀던 마을에 가서 생사부터 확인하고 싶어 했다.

정희는 달래가 원망스러울 때는 있었지만 하나도 밉지 않았다. 누구라도 고문관 앞에 서면, 달래처럼 말했을 거라는 생각이 들었다. 정희는 달래가 원하는 대로 배웅을 받았다. 역 앞에 다다르자 달래는 오 중위가 줬다는 누런 봉투를 건넸다. 봉투에는 「부용산」 악보가 담겨 있었다. 원래 주인에게 주는 것이 맞는 것 같다는 달래의 말에 머뭇거리다 봉투를 건네받았다.

"달래야, 건강허니 지내다 꼭 다시 보자."

"그렇게 말해준께 고맙구만. 나야 산이 잘 품어 줄 것잉께, 고향 가믄 잘 지내라잉."

"빨래터도 내주고, 먹을 것도 나눠주고, 선생님 없는 빈자리 채워준 거 고맙구만."

"… 참말로 미안해서 얼굴도 못 들건는디, 고맙기는…….."

"너 없었으믄 나는 산에서 못 버텼을 것이여… 알제? 그랑께 이 일은 잊어블자."

용서를 받은 것 같아서 달래는 그제야 정희를 똑바로 바라볼 수 있었다.

마주한 달래의 얼굴에 해순이와 난영이가 보였다. 이상하게도 자신의 모습도 언뜻 스쳐 지나갔다. 정희는 모두 하나인 듯한 착각에 빠져들었다. 그래서 더 애틋하고 안쓰러운 달래였다. 두 사람은 각자의 길을 응원하며 지난날의 회한을 달랬다. 정희가 올라탄 기차가 보이지 않을 때까지 달래는 손을 흔들었다.

막상 고향으로 돌아가려니 잊고 있었던 동수 엄마와 최동팔 아저씨의 사나운 눈빛이 생각나 목포가 가까워질수록 정희는 마음이 무거웠다. 봉투에서 「부용산」 악보를 꺼내자, 누런 종이가 툭 떨어졌다. 달래의 편지였다. 홍수와 함께 한글을 깨치며 기뻐하던 달래를 생각하니 손이라도 잡아줄 것을 후회가 밀려왔다.

정희, 보아라.
부끄러워서 차마 얼굴 보고 하지 못한 말을 여기에 쓴다.
나 땜시 온몸이 멍 자국 투성인디 약 한번 못 발라 준 것이
한이 되는구만.
앞으로는 니가 목숨 걸고 지킨 노래 절대 욕 되게 안 할게.
참말로 미안하다.
그라고 누가 물어보믄 정희 내 동무라고 해도 되제?
동무라는 것이 거짓말해서 모진 고초를 겪게 하고 참말로
죽을 만큼 부끄러운디 앞으로 살믄서 니한티 배운 용기 잊
어묵지 않겠구만.
산에서 외롭고 힘든 사람들 부용산 노래로 위로해 주면서
지낼 것잉께, 내 걱정은 하지 말어라.
정희야, 어디에 있든지 부디 몸 성히 잘 지내라.

1949. 3. 24.
달래가

달래의 편지를 읽고 나자, 정희는 산을 헤집고 다닐 용맹한 달래가 떠올랐다. 처량하면서도 마음을 울렸던 달래의 노랫소리가 귓가에 맴돌았다.

목포가 가까워졌는지 사람들이 주섬주섬 보따리를 챙기기 시작했다. 목포에 도착한다는 생각만으로 가슴이 뛰었다. 힘찬 경적소리가 잦아들더니 삐걱거리며 기차가 멈춰섰다. 목포였다.

기차 문이 열리자, 그 틈으로 고향 냄새가 물씬 풍겼다. 정희는 자기도 모르게 숨을 깊게 들이마셨다. 목포역은 여전히 사람들로 북적거렸다. 역 근처의 번듯한 일본식 집과 상점은 여전히 활기가 넘쳤다. 정희는 역사 벤치에 앉아 고향의 온기를 온몸으로 받았다. 오랜만에 느껴 보는 아늑함과 편안함이었다.

백운산에서 있었던 일을 생각하니 고향에 왔다는 것이 믿어지지 않았다. 정희는 역사에 앉아 어둠이 내려앉는 거리와 오가는 사람들을 한없이 바라보았다. 주변이 어두워지자, 정희는 어디론가 가야 한다는 생각에 자리를 털고 일어났다. 그러나 막상 갈 곳이 없었다. 갈 곳이 없냐고 묻던 오 중위 생각에 정희는 피식 웃음이 나왔다. 한참을 걷다 보니 여우고개 앞이었다. 언니와 같이 걸었던 그 길 그대로였다.

"언니, 언니, 내가 왔당께."

정희를 반기는 것이 하나 더 있었다. 언니가 묻힌 평평한 봉분 주변에 돌탑이 양쪽으로 길게 늘어져 있었다. 마을 사람들도 이곳을 지날 때마다 하나둘씩 돌을 쌓으면서 새로운 풍경을 만들어 낸 것이다. 보고도 믿기지 않은 진풍경에 감탄사가 쏟아져 나왔다. 동수는 약속을 지키고 있었다.

"언니, 동수가 의리는 있당께. 우리 언니 외롭지 않았겠구만."

돌탑 한가운데 우뚝 솟은 나무에 살며시 기댔다. 달빛을 받은 돌탑은 백운산으로 떠나던 그 날 밤처럼 반짝반짝 빛나고 있었다. 나무에 기대고 있으니 안방처럼 편안하고 따뜻했다. 여우고개를 지날 때마다 언니가 흥얼거렸던 콧노래로 절로 나왔다. 정희는 노래를 부르다 스르르 잠이 들었다. 한기가 들어 잠이 깬 정희는 어둠 속에서 빛나는 눈동자를 발견했다. 가슴이 뛰었다. 빛나는 눈빛이 조금씩 움직이더니 정희 앞으로 다가왔다. 정희는 시선을 떼지 못하고 다가오는 눈빛을 마주했다. 여우였다.

"언니, 언니 맞제?"

여우는 정희 주변을 어슬렁거렸다.

"안 오믄 어쩔라고… 내가 겪어 봐서 아는디, 기다리다 안 오믄 참말로 서러운디……."

시어머니를 살리기 위해 여우구슬을 꺼낸 여우처럼, 정희도 언니와 엄마를 살리고 싶었다. 순수하게 만든 노래에 어떤 굴레도 씌우지 않게 하는 것! 정희가 두 사람을 위해 할 수 있는 일이었다.

"언니랑 엄마가 빨갱이도, 불순분자도 아니고, 그냥 우리 엄마랑 언니라고 밝히느라 늦었구만."

여우는 다 알고 있다는 듯, 대견하다는 듯 정희 주변을 어슬렁거렸다.

좌익과 우익, 혁명과 투쟁 그 모든 여정에서 만난 사람 중에 정희의 가슴을 먹먹하게 적셔 준 것은 거창한 구호도, 혁명투사도 아닌, 헌신하는 사람들이었다. 삶을 포기하고 싶었던 순간 불을 지펴 준 것도, 또 다른 희망을 품게 한 것도, 바라는 것 없이 더 좋은 세상을 만들다 쓰러져 간 이

들이었다. 고통 속에서도 인간다운 삶을 치열하게 살다 간 그들이 정희를
키워낸 것이다.

정희를 위로하듯 여우는 하늘을 향해 길게 울음을 뽑아냈다. 웅장한 여
우의 울음소리가 숲과 바우마을에 울려 퍼졌다. 여우 소리를 들은 숙자
이모는 한숨을 내쉬며 정희가 살아 있기를 빌었다. 동수는 여우고개 쪽을
바라보았다. 내일은 정희가 무사하길 바라며 돌탑을 쌓아야겠다고 생각
했다. 여우고개 주변에 돌탑을 쌓으며 소원을 비는 이들이 늘어나면서 여
우고개는 두려움의 장소가 아닌 희망의 장소로 새롭게 태어나고 있었다.

여우는 길을 안내하듯 앞장섰다. 정희가 따라오는지 확인하며 어두운
숲으로 들어갔다. 정희는 여우를 놓칠세라 그 뒤를 따랐다.